Kaikki BDSM

Huutokauppa

Erika Sanders

Kaikki BDSM
Huutokauppa
Erika Sanders

Kaikki BDSM 1

Tiivistelmä

Se koostuu seuraavista romaaneista:
    Naisorja
    Muslimin vaimo
    Klubi BDSM

Kaikki BDSM on romaani, jolla on vahva BDSM-eroottinen sisältö, ja puolestaan uusi romaani, joka kuuluu **Eroottinen Dominointi ja Alistuminen**, sarja romaaneja, joissa on korkea romanttinen ja eroottinen BDSM-sisältö.

(Kaikki hahmot ovat vähintään 18-vuotiaita)

Huomautus kirjoittajalle:

Erika Sanders on kansainvälisesti tunnettu, yli kahdellekymmenelle kielelle käännetty kirjailija, joka allekirjoittaa eroottisimmat kirjoituksensa, kaukana tavallisesta proosastaan, tyttönimellään.

Indeksi:

KAIKKI BDSM HUUTOKAUPPA
ERIKA SANDERS

NAISORJA

Prologi:

Alistuvana vaimona olemisessa on ylä- ja alamäkiä.

Vaikein osa oli lisävastuu. Kelly oli vahva liikemielinen nainen. Hän työskenteli kovasti koko päivän toimistopäällikkönä. Yöllä tai viikonloppuisin hänen täytyi silti tehdä töitä. Erilaista työtä. Hän oli seksuaalisesti alistuva aviomiehelleen ja vastasi hänen kaikkiin tarpeisiinsa. Se oli rooli, jonka hän halusi omaksua.

Hyvä puoli oli tunne, jonka se antoi hänelle. Hän rakasti miellyttää miestään. Kelly lohdutti alistumista hänelle, koska hän tiesi kuinka kohdella häntä oikein ja suurella kunnioituksella. Se sai Kellyn tuntemaan olonsa turvalliseksi olla hänen orjuudessaan. Sidottuna köysiinsä. Ja sitten oli orgasmit. Ihania orgasmeja. Se oli alistuvan vaimon paras osa. Kaikki orgasmit, joita hän voi koskaan haluta.

Se antoi heidän avioliitolleen kipeästi kaivattua järkytystä aina kun mahdollista. Useiden vuosien avioliiton jälkeen mikä tahansa tapa piristää heidän rakkauselämäänsä oli aina hyvä asia.

Kun hän riisuutui toimistoasultaan, hänellä oli yllään pehmeät silkkisukkahousut, valkoiset rintaliivit ja pikkuhousut sekä läpinäkyvä negligee.

Se ei ollut jotain, jota hän käytti usein. Ja hänen ei tarvinnut pukeutua tuolla tavalla ympäri taloa. Se oli jotain, jonka hän päätti tehdä tuona iltana , mikä oli hyvin erikoista.

Richard tuli kotiin noin klo 18. Hän oli työskennellyt hieman tavallista myöhemmin yrityksensä tekemän suuren sulautumisen ansiosta.

"Näytät upealta", hän sanoi nähdessään vaimonsa.

Kelly oli keittiössä seksikkäässä asussaan valmistelemassa kotitekoista illallista. Ruokasalissa oli rivi kynttilöitä , joita ei ollut vielä sytytetty.

"Ajattelin tehdä jotain erityistä, koska tänään on aika erityinen päivä meille", hän sanoi.

"Luulitko, että unohdin?"

Hänen kulmakarvansa kohotti. "Teitkö sinä?"

"10-vuotispäivämme."

Hän hymyili: "Sinä muistit."

"Tein. Ja sain myös sinulle jotain. Mukava pieni yllätys."

Hän otti jotain taskustaan ja piti sitä pystyssä näyttääkseen vaimolleen. Lyhyen matkan päästä Kelly ei voinut sanoa, mikä se oli, mutta se näytti avainkortilta tai jotain.

Kelly terävöitti silmiään ja laittoi kätensä lanteilleen. "No, kerrotko minulle, mikä se on, vai täytyykö minun arvata?"

Hän laittoi sen takaisin taskuun. "En voi kertoa sinulle vielä kaikkia yksityiskohtia. Mutta tiedän, että tulet olemaan innoissasi siitä."

"Olisiko vinkkejä?"

"Mitä haluat?" Richard kysyi. "Mitä haluat tapahtuvan sinulle? Olisitko kiinnostunut toisesta naisesta?"

Hän välähti skeptisen katseen. "Onko tämä toinen pelisi?"

"Olen aivan tosissani. Olisitko toisen naisen kanssa, jos sinulla olisi mahdollisuus?"

Hän pysähtyi. "Se on jotain, josta olen ollut kiinnostunut jo jonkin aikaa. Tiedät jo sen."

"Sitten toteutamme sen tänä iltana", hän sanoi. "Haluan, että 10-vuotispäivämme on unohtumaton. Tarkoitan sitä, tämä ilta tulee olemaan erityinen, ja toisin kuin mikään, mitä olemme koskaan tehneet."

Hän tuijotti häntä. "Olet tosissasi, eikö niin?"

"Sain meille liput erittäin ainutlaatuiseen tapahtumaan. Emme ole koskaan olleet siellä ennen, mutta olen kuullut siitä monia hienoja asioita ihmisiltä, joihin luotan."

"Kuulostaa jännittävältä."

" Tietenkin se on jännittävää. Kaikki mitä haluat tapahtuvan, se toteutuu, seksuaalisesti puhuen. Ajattele, mitä haluat tapahtuvan? Millaisen haluat ensimmäisen lesbokokemuksesi olevan?"

Kelly käytti elävää mielikuvitustaan. "Haluaisin orjuuden olevan mukana jollakin tavalla. Ehkä olen sidottu ja hän tulee luokseni ja nuolee minua. Sellaisena kuvittelisin olevani ensimmäistä kertaa."

"Miltä haluaisit hänen näyttävän? Onko mieltymyksiä? Voit saada mitä haluat."

"Sillä ei ole väliä. Niin kauan kuin hän on suloinen. Mieluummin ei lesbo. Haluaisin saada saman kokemuksen kuin hänellä, jotta voimme tutkia sitä yhdessä. Luulen, että se olisi ihanteellinen skenaario."

"Voit valita haluamasi naisen."

"Voin?" hän kysyi.

"Valitse sinä, ja hän on sinun. Mikä sopii tarpeisiisi."

Kellyn molemmat kulmakarvat kohosivat. "Voi voi."

"Miltä sinusta tuntuisi, jos naiisin häntä?"

Hän katsoi leikkisästi terävää katsetta. "Etsitkö tekosyytä huijata?"

"Teknisesti sinäkin pettäisit, koska hän söisi pilluasi ja saisi sinut kumartamaan."

" Kosketa ", hän hymyili.

"No miltä se sinusta tuntuisi?"

Kelly ja Richard antoivat toisilleen leikkisät ilmeet. He olivat aina täysin rehellisiä toisilleen. Ja he olivat olleet naimisissa tarpeeksi kauan tietääkseen toistensa ajatukset.

"Nyt kun mainitsit sen, se kuulostaa melko kuumalta. Kolmikon pitäminen ei ole asia, jota en usein ajattele. Mutta se on käynyt mielessäni tietyissä tilanteissa, siellä täällä."

"Ajattele vain, olisit sidottu sängyssä, tämä toinen nainen söisi pilluasi, sitten naiisin häntä. Mukavaa ja kovaa. Ehkä voit puhdistaa hänet jälkeenpäin suullasi. Houkuttelevaa, eikö?"

"Jumala, tämä kaikki kuulostaa niin poikkeavalta", hän sanoi hieman hermostuneella äänensävyllä.

"Mutta kasteleeko se sinut? Se on iso kysymys."

"Toki, luulisin. Ensimmäinen lesboorgasmini, jota seurasi kolmikko. Se riittää tekemään minkä tahansa naisen kosteaksi."

"Sitten asia on ratkaistu. Teemme sen."

Kelly kohotti kulmakarvojaan. "Jos jatkat puhumista tällä tavalla, saat minut tippumaan lattialle ja minulla on todellinen sotku siivottavana."

"Se tarkoittaa, että teen jotain oikein."

"Teette aina."

Richard hymyili: "10-vuotispäivänä unelmasi toteutuvat. Tästä tulee upea ilta. Tule, pukeudu mukavaan mekkoon. Vien sinut mukavalle romanttiselle illalliselle. Sen jälkeen otan olet jossain erityisessä paikassa. Paikka, jossa emme ole koskaan ennen olleet."

"Et ole vieläkään kertonut minulle, minne olemme menossa."

"Saat tietää, kun pääsemme perille", Richard vastasi. "Lupaan, että olet tyytyväinen. Pukeudu nyt."

"Minulla on täydellinen musta mekko tälle illalle", Kelly sanoi. "Se on uusi. Olen halunnut käyttää sitä."

"Illallisen jälkeen et käytä sitä kovin pitkään."

"Rakastan sinua Richard. Viimeiset 10 vuotta elämässäni ovat olleet suuri seikkailu, tiedät sen, eikö niin?"

"Minäkin rakastan sinua", hän vastasi. "Ja seikkailu on vasta alussa."

Kellyn kasvoilla oli leikkisä ilme. Hän tiesi, että voi luottaa mieheensä. Hän teki aina oikeat valinnat hänen puolestaan. Mutta salaisuus kiinnitti hänen huomionsa. Richard ei koskaan ollut salaileva henkilö. Mutta tämä ilta oli erilainen.

Kelly laittoi kattilat ja pannut syrjään ja laittoi ruoan takaisin jääkaappiin, vaikka hän oli vielä pukeutunut niukka asuunsa. Hän oli utelias miehensä yllätyksestä heidän 10-vuotispäiväänsä. Oli se mikä hyvänsä, sen täytyi olla hyvää.

Hän ei kuitenkaan tiennyt, kuinka hyviä asioita tulee olemaan. Se oli täydellinen vuosipäivälahja, joka nosti heidän seksielämänsä aivan uudelle tasolle.

Naisorja

Erika odotti yksin huoneessa.

Se oli eräänlainen toimisto. Eräänlainen kirjasto. Seinien ympärillä oli kirjoja. Ja siellä oli iso puinen kirjoituspöytä. Pöydän edessä oli tuoli, jossa Erika voi istua myöhemmin. Jalustalla istui myös videonauhuri häntä päin. Se oli sammutettu tällä hetkellä .

Huone oli eleganssin ja hienostuneisuuden paikka.

Hän oli paikalla vain siksi, että läheinen ystävä oli suositellut kyseistä organisaatiota . Hänelle kerrottiin, että kaikki sujui ammattimaisesti, ja toistaiseksi se näytti siltä. Kaikki hoidettiin yritysmaisesti.

Ovi avautui ja rouva käveli sisään. Hän oli pitkä, herttainen ja hänellä oli yllään tyylikäs puku. Hänellä oli voimakas käytös, mitä oli odotettavissa merkittävältä rouvalta.

Erika seisoi.

"Kiitos odottamisesta", rouva sanoi.

He kättelivät.

"Ei hätää. Ymmärrän, että olet kiireinen nainen."

"Olen aina kiireinen, mutta rakastan sitä, mitä teen."

"Näen sen."

"Oletko löytänyt kaiken mieleisesi?" rouva kysyi. "Toivon, että henkilökuntani on auttanut sinua."

"Kyllä, todella paljon, kiitos."

"Hienoa. Jos et välitä, haluaisin aloittaa tämän haastatteluistunnon nauhoituksen nyt", Madame sanoi. "Minulla on tiukka aikataulu. Ole hyvä ja istu."

Erika istui, kun rouva aktivoi videonauhurin. Sitten rouva istui pöydän takana ja istui mukavasti, kun kaksi naista katsoivat toisiaan.

"Aloitamme haastattelun nyt", Madame sanoi.

Erika nyökkäsi hermostuneena. "Okei."

"Olen jo tarkistanut ansioluettelosi ja potilastietosi. Kaikki näyttää hyväksyttävältä. Tämä on koe-esiintymisesi viimeinen vaihe. Haluamme tallentaa tämän, jotta organisaatiomme voi tehdä asioista sinulle sopivampia."

"Ymmärrän."

"Ilmoita kameran nimesi", rouva käski.

"Erika Sanders."

"Ikä?"

" 28."

"Siviilisääty?"

"Naimisissa."

"Ammatti?"

"Olen avustaja", Erika vastasi. "Autan asianajajia valmistelemaan tapauksia, haastattelemaan asiakkaita, tekemään tutkimusta ja sellaista."

"Miten kuvailisit ulkonäköäsi?"

Erika mietti hetken. "Minulla on olkapäille ulottuvat hiukset. Hieman aaltoilevat. Kastanjanruskea väri, joka on tavallaan ruskehtava. Keskivartaloinen. Minulle on kerrottu, että olen viehättävä."

"Oletko samaa mieltä?" rouva kysyi.

"Jos ihmiset ajattelevat näin, se on heidän mielipiteensä."

"Kysyn mielipidettäsi. Oletko samaa mieltä siitä, että olet viehättävä?"

"Luulen, että olen. En todellakaan ole supermalli houkutteleva, mutta olen kunnossa ulkonäöni kanssa."

"Mikä on paras kasvosi piirre?"

"Luultavasti silmäni. Ne ovat tummansinisiä. Pidän niistä."

"Minun pitäisi olla samaa mieltä", rouva huomautti. "Lävistävät siniset silmät. Söpö nenä. Ja kauniit huulet. Sinulla on todella ihanat kasvot."

"Kiitos."

"Ja kehosi? Miten kuvailisit kehoasi?"

"Omasuhteeni ovat melko keskinkertaiset. Pysyn kunnossa juoksemalla viikonloppuisin ja joogaamalla arkisin."

"Miten kuvailisit rintojasi?"

Erika mietti hetken. "Ne ovat pieniä kourallisia. Kiinteitä. Hieman ylösalaisin. Ne ovat päärynän muotoisia. Areolani ovat vaaleanpunaiset. Minulla on vaaleanpunaiset nännit, jotka työntyvät esiin."

"Ovatko nännesi herkkiä?"

"Erittäin."

"Pelaatko nänneilläsi, kun masturboit?"

"Joskus", Erika myönsi.

"Ja jalkasi ja takapuoli? Miten kuvailisit niitä?"

"Melko sävyinen", Erika vastasi ylpeyden aavistus äänessään. "Se johtuu kaikesta vapaa-ajallani tekemästäni harjoituksesta."

"Kerro nyt seksikokemuksestasi. Onko sinulla ollut monta kumppania?"

"Ei oikeastaan", Erika vastasi. "Alle 7, koko elämäni aikana. Olen enemmän suhdetyyppinen ihminen kuin joku, joka etsii yhden yön juttuja."

Madame hymyili: "Ja silti olet tässä, seikkailunhaluinen."

"Tiedän", Erika punastui.

"Kuvailisitko itseäsi seksuaalisesti seikkailunhaluiseksi?"

"Ei oikeastaan."

"Mikä sitten tuo sinut tänne?"

"Kokemus", Erika vastasi. "Haluaisin kokea jotain uutta, vain itselleni. Sitä on vaikea selittää, mutta haluaisin tutkia seksuaalisuuttani, kun olen vielä nuori. Olen varma, että kuulet sen paljon."

"Koko ajan", rouva myöntyi. "Joten, pidätkö kokeilla uusia asioita?"

"Toki, joskus. Kuka ei?"

"Haluatko kokeilla anaalia?"

"Olen tehnyt sitä muutaman entisen kumppanini kanssa. En koko ajan, mutta se on välillä nautittavaa."

"Kolmikot?" rouva kysyi.

"Ei."

"Olisitko avoin mahdollisuudelle?"

"Olisin avoin sille. Minua ei haittaisi, jos se tapahtuisi oikeiden ihmisten kanssa. Varsinkin jos olisin ryhmän alistuva. En tietäisi mitä tehdä muuten."

"Entä orjuus?"

"Minulla on kokemusta kevyestä orjuudesta. Ei mitään äärimmäistä tai hardcorea. Pelkkää kotitekoista tavaraa, kodin tavaroita, sellaisia juttuja. Ei myöskään mitään tuskallista."

"Oliko orjuuskokemuksesi tyydyttävä?"

"Se oli kunnossa", Erika vastasi totuudenmukaisesti. "En ole kovin kokenut siinä. Eivät myöskään entiset kumppanini. Se oli tavallaan leikkimistä hauskalla pienellä fantasialla."

"Korjuus on taidetta. Monet ihmiset eivät ole hyviä siinä."

"Olen samaa mieltä."

"Entä lesbokohtaamiset", Madame kysyi. "Oletko koskaan ollut naisen kanssa ennen?"

"Minulla on ollut muutamia lesbokokemuksia yliopistossa kämppäkaverin kanssa. Ei mitään sen jälkeen."

"Pidittekö siitä? Ajatteletko vielä sitä?"

Erika hymyili: "Kyllä ja kyllä."

"Luuletko olevasi hyvä syömään pillua?"

"Minulle on kerrottu, että olen."

"Kaikki huomioon ottaen uskoisin, että olisit loistava pariskuntien kanssa. Sinussa on niin luonnollinen kipinä, olet utelias, avoin ja keinut molempiin suuntiin tarvittaessa."

"En ole koskaan ennen ajatellut olla parin kanssa", Erika vastasi. "Mutta se kuulostaa mahdolliselta. Luulen, että olen valmis siihen."

Madame nyökkäsi. "Olet erittäin viehättävä nainen, Erika, jolla on upea persoonallisuus. Olemme iloisia saadessamme sinut tänne."

"Kiitos."

"Nyt se johtaa meidät kolmeen viimeiseen kysymykseen. Tärkeimmät kysymykset. Ensinnäkin, kuinka alistuva olet ? Kerro minulle alistuvasta puoleltasi."

Erika kokosi ajatuksensa. "Aina siitä lähtien, kun minusta tuli seksuaalinen ihminen, tiesin olevani alistuvainen. Ehkä en ymmärtänyt sitä heti, mutta tiesin mistä pidin. Nautin siitä, että minua ohjataan ja "otetaan" makuuhuoneessa."

"Miksi?"

"Lupaamisessa on vapautta. Kun minulle sanotaan, mitä tehdä, tai jos olen sidottu, kaikki hallinta menetetään. Minulle siinä on vapautta. Kaikki on käsistäni. Tunnen oloni turvalliseksi ja lämpimäksi. Ja rakastan tunnetta olla seksuaalisen huomion keskipisteenä. Kumppani palvoo ja käyttää kehoani."

Ilmassa oli seksuaalista jännitystä. Se oli raaka tunne. Erika päästi irti nauhoitetun haastattelun aikana. Ja rouva nautti jokaisesta sekunnista nähdessään Erikan haavoittuvan puolen.

"Nyt toinen kysymys", rouva sanoi. "Oletko valmis orjaksi?"

"Minä olen."

"Miksi?"

"Otan käskyt hyvin vastaan. Nautin siitä, että minulle kerrotaan, mitä pitää tehdä ja miten se tehdään. Jopa työssäni olen erittäin täsmällinen kaikissa pomoni käskyissä . Pystyn käsittelemään lievää kipua. Kunhan se ei ole liian kipeää , nautin siitä. Se kaikki on osa hyvää alistumista, eikö niin?"

"Olet oikeassa", rouva myöntyi. "Nyt kolmas ja viimeinen kysymys. Miksi haluat tulla huutokaupatuksi yhdeksi yöksi?"

"Se on äärimmäistä alistuvaa fantasiaa. Tiedäthän, näytän parhaaltani, ihailen minua ja sitten minut ostaa täysin tuntematon. Rakastan ajatusta, että joku, jota en ole koskaan tavannut, käyttää minua seksuaalisesti. Se on hyvin tabu."

"Luuletko pystyväsi kestämään painetta?"

"Luulen niin", Erika vastasi.

"Mistä tiedät?"

"Koska luulen pääseväni siitä eroon. Sitä on vaikea selittää. Mutta tiedän, että tulen nauttimaan siitä. Olen varmasti hermostunut, mutta kestäisin sen."

Madame hymyili ja seisoi ystävällisesti. Hän nosti videonauhurin jalustalta ja piti sitä kädessään. Sitten hän käveli Erikaa kohti ja seisoi hänen edessään.

"Olemme lopettaneet kysymykset", rouva sanoi ja osoitti kameran alaspäin Erikaa kohti. "Prosessin viimeinen osa on nähdä, pystytkö todella suoriutumaan paineen alla."

"Okei."

Suuntaen edelleen kameraa alaspäin rouva nosti pukunsa alaosan ja paljasti paljaan emättimen.

"Nyt, esiintykää kameralle", rouva sanoi. "Tee minuun vaikutus."

Epäröimättä Erika kumartui eteenpäin ja painoi huulensa rouvan paljaalle iholle.

***

Koulutus oli hyvin epävirallinen.

Kun Erikalla oli ylimääräistä aikaa poissa töistä, hän vieraili Madamen luona samassa paikassa, jossa hän haastatteli.

Siellä hänet opetettiin taiteeseen olla oikea tottelevainen orja.

"Teillä on paljon opittavaa", rouva sanoi. "Onneksi olet luontaisesti lahjakas alistuva. Sinut on helppo kouluttaa."

Ja rouva oli oikeassa.

Erika oli luonnollinen. Hän oli valmentunut hyvän alistuvan käytöksen ja asianmukaisten tapojen taitoon. Hänelle opetettiin suuseksin antamisen monimutkaisuus. Ja hänelle opetettiin oikea tapa rentoutua ollessaan sidottu.

Kun Erika vietti normaalia elämäänsä, huutokauppa oli aina hänen mielessään. Kun hän työskenteli avustajana, vietti aikaa miehensä, äitinsä ja sisarensa kanssa tai kävi kahviloissa ystäviensä kanssa, hän ei voinut olla ajattelematta tekemäänsä päätöstä .

Osa hänestä tunsi olevansa hullu tehdäkseen sellaista. Toinen osa hänestä tiesi, että se oli juuri sitä, mitä hän halusi. Loppujen lopuksi Madame toimi erittäin ammattimaisesti ja kaikki oli turvallista.

Mutta jos hän ei tehnyt sitä, hän tiesi, että hän katuisi sitä aina.

Erika oli elämänsä parhaimmillaan. Hän oli aikuinen nainen. Ja hän oli päättänyt tehdä päätöksen , joka vaikuttaa häneen ikuisesti.

Huutokauppa

Se oli suuren huutokaupan ilta.

Hän istui pienessä yksityisessä huoneessa, kun meikkitaiteilija korjasi hänen ulkonäköään. Se oli lyhyt prosessi, ja kun se oli tehty, Erika avasi silmänsä nähdäkseen olevansa valmistautunut kuin Hollywood-näyttelijä, joka oli valmis suureen ensi-iltaan. Täydellinen kaikin puolin. Hänen hiuksensa oli myös tehty kauniisti.

Meikkitaiteilija poistui huoneesta ja Erika seisoi pienen vaatekaapin edessä päätellen mitä laittaa päälleen.

Lyhyen pohdinnan jälkeen hän päätti valita läpinäkyvän parin mustat rintaliivit ja pikkuhousut. Hän käytti pientä asua ja tutki itseään peilistä. Seuraavaksi tuli korkokengät hänen jalkoihinsa, ja hän katsoi vielä kerran itseään.

Erika saattoi tuskin tunnistaa heijastustaan.

Koulutettu lakiassistentti oli poissa. Naapurin tyttö oli poissa. Oikea nuori nainen oli poissa.

Siellä seisoi orja Erika, jolla oli hohdokas meikki, hyvin tehdyt hiukset ja riittävän ohuet rintaliivit paljastamaan hänen nännensä värin.

Kun hän katsoi heijastumiaan, hän pohti, kuka hänen ostajansa olisi. Olisiko se mies? Nainen kenties? Olisiko henkilö lempeä vai karkea?

Jumalauta, hän toivoi, että henkilö olisi lempeä. Erika oli nainen, joka piti siitä, että häntä kohdeltiin rakkaudella ja huolella. Hän oli rakastava alistuva. Siitä hän piti. Hän halusi harkitun hallitsevan. Joka tapauksessa hän oli valmis hyväksymään tuloksen. Hän oli aikuinen nainen, joka teki valinnan olla siellä.

Loppujen lopuksi se oli hänen suuri fantasiansa.

Oveen koputettiin.

"Tule sisään", Erika sanoi.

Ovi avautui ja rouva astui sisään, yllään kaunis pitkä punainen mekko. Hänen meikkinsä oli myös tehty kauniisti. Madame katsoi ylös ja alas alistuvana, tyytyväinen näkemäänsä.

"Upea kuten aina", rouva kehui ja sulki oven.

"Kiitos."

Madame piti musta kaulus kädessään, ja Erika tiesi heti, mihin se oli tarkoitettu. Mutta rouva ei puhunut kauluksesta, ei ainakaan vielä.

"Miltä sinusta tuntuu?" rouva kysyi. "Hermosiko ollenkaan?"

"Hieman. Osittain innoissaan."

"Voin vakuuttaa teille, että se on hyvin normaali tunne asemassasi olevalle naiselle. Se on täysin tervettä."

" No, olen iloinen kuullessani sen."

"Kyllä sinä pärjäät", rouva vakuutti. "Olet henkisesti oikeassa paikassa. Ja meillä on niin monia mahtavia ihmisiä, jotka haluavat ostaa orjan tänä iltana. Olet hyvissä käsissä."

Erika hymyili: "Olen erittäin iloinen kuullessani sen."

"Mikä on suurin toiveesi yöltä?"

"Jotta anonyymi muukalainen työntäisi minut äärirajoille. Haluaisin tutkia. Tarkoitan, että se on kaiken tämän tarkoitus, eikö niin?"

Madame nyökkäsi ja hymyili kevyesti. " Kyllä se on . Ja voin luvata teille, että halunne tulla työnnetyksi täyttyy. Näet, asiakkaat, jotka tulevat tänne ostamaan orjia, ovat erittäin kokeneita. He tietävät tarkalleen mitä tekevät. Joten alistuva puolenne on iloinen, kun yö on ohi."

"Saat minut hermostumaan entisestään, mutta hyvällä tavalla."

"Älä hermostu", rouva vastasi ystävällisesti. "Kerro nyt minulle, mikä on suurin pelkosi?"

"Se, joka ostaa minut, on epäystävällinen. Tiedätkö , tuollainen. En pidä kivusta, en muutenkaan pahasta."

Madame hymyili: "Voin vakuuttaa teille, että niin ei tapahdu. Kaikki jäsenemme ja asiakkaamme käsittelevät sinua erittäin huolellisesti."

"Se on mitä olen kuullut. Ja se on osa syytä, miksi olen päättänyt tulla orjaksi täällä."

"Siitä puheen ollen on melkein aika. Voit halutessasi odottaa täällä tai lavan takana. Assistenttini ohjaavat sinut lavalle, kun on sinun vuorosi."

Erika hengitti syvään. "Perhoset vatsassani. Voi luoja. Olen hermostunut. Mutta olen valmis."

Madame hieroi koulutetun orjan olkapäitä. Se tehtiin äidillisesti ja hyväilevästi.

"Olet vahva nainen. Voit tehdä tämän."

"Tiedän, että voin. Olen itse asiassa hyvin innoissani."

"Erinomainen", rouva hymyili. "Nyt vielä viimeinen asia."

Madame kohotti mustaa kaulusta sormellaan ja pyöritteli sitä leikkisästi. Erika tiesi tarkalleen, mitä tehdä, ja hän kohotti hiuksiaan niin, että hänen niskansa paljastui.

Madame kietoi kauluksen Erikan kaulan ympärille samalla kun he olivat peiliin päin. Se oli kaulus, jossa oli hopeiset kirjaimet SLAVE niskan etuosassa.

Erika piti hiuksiaan ylhäällä katsoessaan heijastustaan peilistä, kun rouva kiinnitti hihnan kauluksen takaosaan.

Ja kaikki oli valmis. Erika oli täydessä orjapuvussa valmiina huutokaupattavaksi eniten tarjoavalle.

"Näytät upealta", rouva kuiskasi hänen korvaansa. "Olen vähän surullinen, että en voi katsoa sinua naimista tänä iltana. Mutta tiedän, että siitä tulee sinulle uskomaton kokemus. Huutokauppa alkaa pian."

Madame antoi orjalle suukon poskelle ja lähti sitten huoneesta.

***

Useimmilla ihmisillä on käsitys siitä, miltä huutokauppa näyttää. Kun ihmiset ajattelevat huutokauppoja, he ajattelevat kaveria, joka puhuu nopeasti lavalla, ja osallistujat nostavat kätensä tehdäkseen tarjouksia mistä tahansa myytävästä tuotteesta.

Tämä oli samanlainen. Mutta myös hyvin erilaisia.

Erika seisoi kulissien takana pienissä läpinäkyvissä vaatteissaan ja mustassa kauluksessaan ja kuunteli Madamen johtimaan huutokauppaa.

Jokainen orja myytiin huolella ja heitä kohdeltiin ikään kuin he olisivat arvostettua omaisuutta, ikään kuin he olisivat maailman suurimpia aarteita. Huutokaupan kuuntelu sai hänen sydämensä hakkaamaan ja pillunsa kastumaan.

Lopulta oli hänen vuoronsa.

"Hyvät naiset ja herrat", rouva sanoi yleisölle. "Seuraavaksi meillä on aivan erityinen herkku. Hän on uusi orjakokemuksessa. Mutta hän on myös hyvin valmistautunut. Tervetuloa, kaunis Erika."

Pieni yleisö sai kevyet aplodit Erikan ollessa vielä kulissien takana. Kaksi niukkapukuista naista lähestyi Erikaa ja otti hänet hihnaan. Naiset eivät sanoneet sanaakaan.

Erika johdettiin lavan keskelle. Kun Erika seisoi keskipisteessä valokeilassa, naiset seisoivat hänen vieressään yhdessä mikrofoniin puhuneen Madamen kanssa.

Vaikka hän yritti parhaansa mukaan säilyttää oikean naisen tyyneyden, hänen sydämensä hakkasi kiivaasti. Se oli pimeä huone. Mutta hän näki väkijoukon heikosti. Paikalla on täytynyt olla vähintään 50 ihmistä. Hän saattoi kertoa, että he olivat kaikki pukeutuneita ylellisesti.

Miehet pukeutuivat kauniisiin puvuihin. Muutamat naiset huoneessa käyttivät upeita mekkoja. Se oli tyylikäs tapaus, ja he kaikki halusivat seksiä.

"Tämä on kaunis Erika", rouva sanoi. "Päivittäin hän on ammatillinen uranainen, joka työskentelee lakimiehenä. Hänen fantasiaansa on kuitenkin kohdella kuin hyvää orjaa, joksi hän on syntynyt. Hän on alistuva kaikin tavoin. Ja usko minua, olen huomasin sen itse."

Madame napsautti sormiaan ja lavalla olleet naiset poistivat Erikan rintaliivit jättäen hänen rinnansa paljaaksi. Sitten naiset vetivät Erikan housut alas.

Voi luoja, Erika tunsi pillunsa nykivän. Hän oli ainoa alaston ihminen huoneessa, joka oli täynnä hyvin pukeutuneita ihmisiä. Kaikkien katseet olivat hänessä. Kirkas valokeila keskittyi hänen paljaaseen vartaloonsa.

Madame jatkoi. "Kuten näette, hän on fyysisesti täydellinen. 28-vuotiaana joogan harjoittajana hän on elämänsä parhaimmillaan. Rinnat ovat kypsien päärynöiden muotoisia. Ulkonevat vaaleanpunaiset nännit, jotka ovat herkkiä ja jotka on tehty imettäväksi. tehty tarttumaan, kun häneen tartutaan. Joustava runko, joka on tehty taipumaan mihin tahansa muotoon samalla, kun sitä ihastetaan. Suu, joka on tehty imemään. Anaaliseksiä varten tehty peppu. Ja pillua, joka on tehty kestämään."

Huoneen silmät tuijottivat Erikan alastonvartaloa.

Madame jatkoi: "Nämä orja on erittäin taitava suuseksin taiteessa. Erityisesti naisten tyytyväisyyden taiteessa. Voin kertoa tämän sinulle omakohtaisesta kokemuksesta. Hän on myös perehtynyt miesten tyytyväisyyteen. Mikä tekee hänestä täydellinen avioparille."

Erika seisoi paikallaan ja hänen silmänsä tarkkailivat huonetta. Vaikka huone oli pimeä, hän näki silti huoneessa olevien ihmisten heikot ilmeet, näki heidän sylkevän ajatuksesta, että he saisivat hänen käsiinsä.

Madame jatkoi: "Vaikka hän nauttii kevyestä orjuudesta, hän on herkkä kissanpentu ja häntä on kohdeltava äärimmäisen ystävällisesti ja kunnioittavasti. Hän on loppujen lopuksi hyvin erityinen tyttö."

Syvällä sisimmässään se oli kaikkea mitä Erika oli toivonut. Se oli paljon pelottavampi kuin odotettiin, mutta hän sai oudolta ekshibitionistisen jännityksen, jota hän etsi sinä yönä.

"Alkutarjous on 5 000 dollaria tästä orjasta", rouva sanoi.

Yhtäkkiä valot huoneessa kirkastuivat hieman, eikä ollut enää niin pimeää. Erikalla oli parempi näkemys yleisöstä, ja se vain sai hänet hermostuneemmaksi. Hän pystyi näkemään huoneessa olevien ihmisten kasvot. Se oli paljon pelottavampaa. Ja se oli myös paljon kiihottavampi.

Kun tarjoukset saapuivat, Erika ei kuullut juuri mitään. Hänen mielensä pyöri. Se oli valtava kiire. Hän tuskin kuuli, mutta hän näki kädet nousevan ylös hidastettuna, kun huoneessa olleet ihmiset tekivät tarjouksensa Erikan ruumiista ja seksipalveluista.

Erika katkesi transsista kuultuaan seuraavat sanat.

"Myyty! Vieraalle numero 38, hintaan 15 000 dollaria."

Se oli hetki, jolloin Erika palasi todellisuuteen.

***

Huutokaupan päätyttyä orjat seisoivat kuuliaisesti järjestetyssä jonossa pieniin asuihinsa pukeutuneena lavan takana. He olivat kaikki kauluksessa ja valmiita lähetettäväksi uusille omistajilleen.

Erika nautti myynnin tunteesta. Hän halusi tavata uuden isäntänsä. Se oli jännittävää. Hän toivoi, että hän olisi mukava kaveri. Hän toivoi koko sydämestään, että siitä tulisi ikimuistoinen kokemus. Hän ihmetteli, millaisia fetissejä hänen uudella omistajallaan oli. Ehkä hän halusi vain naida? Ei siinä mitään vikaa.

Se kaikki oli osa myynnin kokemusta. Uteliaisuus sai hänen mielensä pyörimään ja pillunsa märkänä.

Madame tuli ja onnitteli henkilökohtaisesti kaikkia orjia. Sitten hän vakuutti heille, että yö oli vasta alussa.

Hän ojensi paperin jokaiselle orjalle, jonka jälkeen he saattoivat pois niukasti pukeutuneita naisia.

Seuraavaksi oli Erikan vuoro.

"Olet erittäin onnekas kissanpentu tänä iltana", rouva sanoi.

Hän ojensi Erikalle pienen paperin, jossa oli numero 930. Se oli huoneen numero, jossa hänen omistajansa olisi.

"Kiitos."

"Uudella omistajallasi on sinulle jotain erityistä", rouva sanoi. "Oletko valmis?"

"Minä olen."

"Se on se, mitä haluan kuulla. Pärjäät hyvin. Luota vaistoihisi ja nauti ensimmäisestä orjakokemuksestasi. Alistuva sisälläsi saa nautinnon, jonka se oikeutetusti ansaitsee. Okei?"

Sen jälkeen rouva kumartui eteenpäin ja antoi Erikalle lempeän suudelman huulille. Kun suudelma päättyi, he katsoivat toisiaan silmiin, ja Erika saattoi pois hänen kaulukseensa kiinnitetyn talutushihnan avulla.

Ilta

Kaksi niukkapukuista naista johtivat Erikan hissiin ja sitten huoneeseen. Kukaan heistä ei puhunut sanaakaan. Naiset eivät puhuneet. Ja Erika oli liian hermostunut sanoakseen mitään.

Erikalla oli edelleen päällään vain läpinäkyvä toppi ja pienet pikkuhousut. Ja häntä johdettiin hihnassa kauluksessaan.

Kun he saapuivat huoneeseen , nainen koputti oveen ja avasi sen.

Erika johdettiin sisälle huoneeseen, jossa hän seisoi sisäänkäynnin luona täydellisessä rouvamaisessa asennossa, niin kuin hyvän orjan kuuluukin seisoa, ja kaksi naista lähtivät sulkien oven.

Hän jäi yksin ostajansa kanssa.

Itse huone näytti hienolta hotellihuoneelta. Se oli siisti, erittäin puhdas, ja siinä oli tyylikäs tunnelma. Vain osa valoista oli päällä. Huone oli sekoitus valoa ja pimeyttä.

Tuolilla istui mies. Hän oli pukeutunut terävään pukuun ja hänen kasvonsa olivat osittain pimeyden peitossa. Erika arveli hämärässä valossa, että mies oli täytynyt olla 30-vuotias tai 40-luvun alussa. Hänen kasvoillaan ei näyttänyt olevan mitään ilmettä.

Kaunis musta mekko oli asetettu siististi pöydälle.

Sängyllä oli alaston nainen. Hänen ranteensa sidottu sängynpylväisiin. Hänen nilkkansa sidottu erilleen alempiin sänkypylväisiin, ja hän oli kotka- asennossa . Hänen silmänsä peitti sokea. Ja punaisen pallon suussa.

Erika tunsi adrenaliininsa palaavan surrealistisessa näkymässä. Hän tiesi asioita näkemällä, että hän oli ammattikunnan käsissä. Ei mikään amatööri. Ei joku, joka kokeilee. Mutta todellinen ammattilainen.

"Risuu", mies sanoi rennosti. "Myös kantapääsi. Mutta jätä kaulus kiinni. Nautin hihnasta."

"Kyllä herra."

Erika totteli. Hän poisti toppinsa paljastaakseen päärynänmuotoiset rintansa. Hän poisti takaosansa, sävyisät urheilulliset jalat esillä sekä puhtaasti ajetun haaransa. Ja hän otti kantapäänsä pois.

Näinä lyhyinä hetkinä Erika seisoi täysin paljaana uuden omistajansa edessä. Hän oli täysin alasti paitsi SLAVE-panta kaulassa, ja talutushihna roikkui edelleen.

Hän ei ollut enää hermostunut. Seisottuaan alasti lavalla huoneessa täynnä ihmisiä, hän pystyi käsittelemään mitä tahansa tässä vaiheessa.

"Nimeni on Richard", mies sanoi. "Se alaston nainen, jonka näet sängyllä, on Kelly."

"Hei Richard", hän vastasi yrittäen kuulostaa ystävälliseltä. "Minä olen Erika."

"Tervetuloa, Erika. Sinun täytyy olla yllättynyt."

"Miksi?"

"Että ostin sinut, kun vaimoni on sidottu alasti sängyssä."

Joten sidottu alaston nainen sängyssä oli Richardin vaimo. Erika oli aidosti yllättynyt, mutta hyvällä tavalla. Hän oli sinä iltana avoin mieli ja oli valmis kaikkeen.

"Se on varmasti epätavallista", Erika vastasi. "Mutta meillä kaikilla on fantasioitamme elämässä. Enkä ole tuomitseva."

"Ei, kun sinulla on talutushihna kaulassasi."

"Joo."

"Valitsin sinut muutamasta syystä", Richard sanoi. "Ensinnäkin olet erittäin kaunis. Toiseksi, olet uusi tässä. Kolmanneksi, vaimoni pitää sinusta. Neljänneksi, olet ilmeisesti erittäin hyvä miellyttämään muita naisia."

Erika nyökkäsi. "Minulle on kerrottu, että minulla on se lahjakkuus."

"Hyvä, koska vaimoni ei ole koskaan ennen nauttinut naisen tyytyväisyydestä. Hän on kuitenkin kiinnostunut."

Erika katsoi alaston naista, joka oli sidottu, sidottu silmät ja suuttunut.

"Olen varma, että hän on ihana ihminen."

"Ja myös hyvin alistuva", Richard lisäsi. "Kuten mainitsit aiemmin, vaimollani ja minulla on hyvin epätavallinen avioliitto. Olen hänen aviomiehensä. Ja olen myös hänen dominiansa. Hän on vaimoni. Ja hän on myös alistuvainen. Rakastamme toisiamme suuresti. . Ja me pidämme huolta toistemme tarpeista."

"Ymmärrän, sir."

"Ole kiltti ja kutsu minua Richardiksi."

"Okei, Richard."

Hän jatkoi: "Tänään on hyvin erityinen päivä. Se on 10-vuotispäivämme. Ei yksinkertaisesti riitä, että sitomme hänet kotiin ja saamme hänet ihastumaan. Ei. Tämän päivän on oltava erityinen. Siksi olen tuonut hänet tänne Ja siksi olen ostanut sinut orjaksi yöksi."

Fantasia oli herännyt henkiin. Erika tunsi hermonsa katoavan ja pillunsa kostuvan. Jumala, hän oli valmis tähän.

"Autan mielelläni kaikin mahdollisin tavoin."

"Oletko koskaan viihdyttänyt avioparia?"

"Ei."

"Kolmikon?"

Erika pudisti päätään. "Ei."

"Etkö ole kovin kokenut?"

"Ei, pyydän anteeksi. Tein Madamelle selväksi, että olen uusi tässä maailmassa. Joten anteeksi, jos en ole tasoinen. Mutta lupaan yrittää parhaani."

"Älä pyydä anteeksi", hän vastasi. "Minulla ei ole myöskään koskaan ollut kolmikkoa ennen. En ole koskaan aiemmin esitellyt toista kumppania Kellylle. Siksi olet täydellinen tähän. Voimme tutkia tätä yhdessä."

Erika nyökkäsi. "Se olisi mukavaa."

"Haluaisitko? Haluaisitko maistaa vaimoni pillua, kun minä ihailen sinua takaapäin?"

"Joo."

"Haluaisitko aloittaa?"

Erika nyökkäsi. "Joo."

"No sitten, orja, vaimoni pillu on auki. Olen varma, että hän on tippunut jo nyt. Mikset menisi maistamaan?"

"Kiitos."

Erika lähestyi sidottua ja avutonta naista sängyllä. Mitä lähemmäs hän tuli, sitä selvemmin hän näki naisen alastomia osia. Osittain valaistussa huoneessa Erika näki naisen ruskeat nännit ja puhtaasti ajelun emättimen alueen.

Se oli surrealistinen hetki, ja Erika oli tekemässä suuseksiä naiselle, jota hän ei ollut koskaan tavannut. Nainen, joka oli sidottu ja sidottu silmät. Nainen, joka ei voinut edes puhua, koska suuhunsa oli suussa.

Eikä se ollut mikä tahansa nainen. Se oli Kelly, omistajan vaimo.

Erika asettui sängylle Kellyn jalkojen väliin. Hän ihmetteli, mitä Kelly on täytynyt ajatella, nauttiko hän tästä vai ei. Hän ihmetteli, oliko tämä todella Kellyn fantasiaa.

Kysymykseen vastattiin, kun Erika kumartui ja katsoi tarkemmin leviävää kotkan pillua. Pillu sisältä oli märkä. Nesteet kimmelsivät. Ei ollut rakettitiedettä määrittää, että Kelly oli erittäin kiihtynyt. Siitä ei ollut epäilystäkään.

Erika hieroi Kellyn reisiä sulkeutuen keskeltä. Sitten hän kumartui eteenpäin ja antoi pillulle mukavan suukon. Se sai Kellyn vapisemaan. Toisen nuolemisen jälkeen Kellyn jalat näyttivät nykivän. Erika nuoli ylös ja alas kuin hyvä orja.

"Kerro vaimolleni, miltä hän maistuu", Richard sanoi.

"Hän maistuu hämmästyttävältä."

"Sano se vaimolleni."

Erika katsoi ylöspäin sidottua ja suuttunutta naista. "Maistut upealta Kellyltä, todellakin. Rakastan ehdottomasti makuasi. Ihailen sitä. Rakastan pilluasi makua kielelläni."

Kellystä kuului vinkumista, mutta hänen suussaan oleva pallo vaimensi sen.

"Hyvin sanottu", Richard kehui. "Jatka nyt nuolemista. Tee hänestä kumpu."

Erika jatkoi työtään ja keskitti suullisen huomionsa märkään pilluun. Koko sen ajan sidottu vaimo jatkoi voihkimista suuhuuhdolla ja kiemurtelemista sängyssä.

Kun Erikan kieli oli hautautunut syvälle pilluun, nuoleen taitavasti ylös ja alas, hän ihmetteli naista, jota hän miellytti. Hän ihmetteli, millaista Kelly oli tavallisessa elämässään, mitä hän teki elantonsa, mitä harrastuksia hänellä oli, millaisia ruokia hän halusi syödä, mitä tv-ohjelmia hän katsoi mielellään.

Uteliaisuus vain teki seksilaskurin niin paljon kuumemmaksi. Ehkä Erika saisi kaikki vastaukset, kun he voisivat jutella ja tulla ystäviksi jonain päivänä. Tai ehkä he eivät koskaan puhuisi toisilleen. Kuka tietää?

Mutta ainoa asia, jolla oli väliä siinä vaiheessa, oli Kellyn pillun miellyttäminen. Se oli Erikan ainoa työpaikka – toistaiseksi.

Töissä Erika otti tilaukset aina hyvin vastaan ja seurasi aina niitä. Nyt hänen pomonsa oli Richard, ja hänet oli määrätty pitämään vaimonsa kumartaen.

Hänen kielensä jatkoi silittämistä ylös ja alas. Hänen huulensa pysyivät painettuna pillua vasten. Ja aina niin usein hän imesi pillua mukavasti ja löi luonnollisia mehuja.

Jokainen toiminta antoi Kellylle samanlaisen reaktion, kun hän makasi sidottuna sängyllä. Vaimo veti köydet, jotka sitoivat hänen ranteitaan. Ja hän veti köydet, jotka sidoivat hänen nilkkojaan. Hänen valittavat äänensä vaimensivat hänen suussaan oleva punainen pallo.

Erika työskenteli kovemmin, kun hän tiesi, että hänen suutekniikkansa toimi ja saavutti halutun vaikutuksensa.

"Hänen varpaansa heiluvat", Richard sanoi. "Se tarkoittaa, että hän on lähellä orgasmin saavuttamista."

Silloin Erika työskenteli vielä kovemmin. Hän nuoli kovemmin ja nopeammin. Hän puristi huuliaan tiukemmin ja imi yhä voimakkaammin.

Kelly kiemurteli lujasti ja nyökkäsi köysistä, jotka pitivät hänet sidottuina. Hän voihki kovaa, mutta pallo vaimensi sen.

"Nele", Richard sanoi orjalle. "Vaimoni on ruiskuttaja. Minun täytyy varoittaa sinua. Ja haluan sinun nielevän sen, jos se on okei."

"Mmm hmm" orja tunnustaa.

Totta kai, orgasmi tuli, ja se tuli upealla tavalla. Erika jatkoi imemistä ja nuolemista, ja Kelly sai voimakkaan orgasmin.

Nesteet purskahti Kellyn pillusta ja Erikan suuhun. Se tuli useaan otteeseen ja Erikan suu oli hellittämätön nielemään. Kellyn ruumis nykisi ja kiemurteli, kun taas Erika jatkoi suutaikuuttaan hyvin koulutetulla suullaan.

Kun se oli tehty, nesteitä ei enää tule ulos, ja Kellyn ruumis pysyi paikallaan, kun hän hengitti raskaasti nenänsä kautta.

Erika istui pystyasennossa pillumehut koko suussa, kuin tuore märkä meikkikerros.

"Bravo", Richard sanoi rennosti. "Teit loistavaa työtä."

"Kiitos herra ."

" Kerro siis minulle, miltä vaimoni maistuu?"

"Herkullista, sir."

"Erika, orjani, aion naida sinua nyt. Ja aion naida sinua perseeseen."

Hän nielaisi. "Kyllä mestari."

"Emme aio tehdä sitä normaalissa asennossa. Ymmärrätkö? Tämä on jotain erilaista. Jotain, mitä et ole koskaan ennen tehnyt."

"Minun mieleni ja ruumiini ovat avoinna sinulle."

Richard nyökkäsi tyytyväisenä. "Nouse neljälle jalalle. Asetu vaimoni yläpuolelle. Aiot katsoa häntä silmiin."

Hän nielaisi uudelleen. "Kyllä mestari."

Erika nousi nelijalkaisiin ja asettui alaston naisen päälle, jolle oli juuri antanut voimakkaan lesboorgasmin. Ei ihan kuka tahansa nainen. Mutta uuden omistajansa vaimo sinä yönä.

Kun hän oli paikallaan, hän oli vain muutaman tuuman päässä Kellyn kasvoista. Silmäsidon ja suuaukon kanssakin Erika huomasi, että

Kellyllä oli erittäin kauniit kasvonpiirteet , ja hän ihmetteli, miltä Kelly näytti ilman kahlaa.

Kun hän otti aseman, hän kuuli Richardin nousevan ylös ja avaavan vaatteensa. Hän ei katsonut häneen. Hän yksinkertaisesti pysyi paikallaan, neljän jalan, suoraan sidotun vaimon yläpuolella.

"Vaimoni on hämmästyttävä nainen", Richard sanoi orjalle.

Juuri silloin Erika kuuli pullonkorkin avaamisen äänen . Hän tiesi heti, että se oli voitelu. Hänen epäilyksensä vahvistui, kun hän tunsi Richardin liukasteella päällystetyn sormen painavan hänen peräaukkoaan.

Voideltu sormi työnnettiin Erikan peppuun.

Hän jatkoi: "Kelly on ollut alistuva vaimoni 10 vuotta. Uskollinen ja kallisarvoinen kaikin puolin. Tämä ilta on jotain uutta meille."

Sormi liikkui sisään ja ulos pinnoittaen Erikan peräsuolen seinämiä.

Hän jatkoi: "Tämä on osittain hänen fantasiansa. Hän halusi olla sidottu sängyssä, kun nainen söi pilluaan. Vaikka hän ei voi puhua tai nähdä tällä hetkellä , voin kertoa, että hän rakasti sitä. Hänen kehon reaktiot ovat helppo lukea. Se, miten hänen varpaansa käpristyivät ja hänen jalkansa tärisevät, tarkoittaa, että hän sai voimakkaan orgasmin. Hänen pillunsa nesteet vain vahvistivat sen."

Richardin sormi vetäytyi pois. Sitten hän painoi erektionsa kärkeä Erikan pientä peräaukkoa vasten.

Hän lisäsi. "Haluatko nähdä hänet? Haluatko suudella häntä?"

"Kyllä sir", Erika nyökkäsi. "Haluaisin."

"Miksi?"

"Olemme jakaneet erityisen kokemuksen yhdessä. Ja mielestäni hän on kaunis."

"Hän on upea", Richard sanoi. "Mene eteenpäin, katso itse. Irrota silmäside. Poista suuaukko hänen suustaan."

Erika sitoutui. Hän poisti varovasti sidoksen, ja yhtäkkiä naiset ottivat katsekontaktin. Erika katsoi vaimoaan silmiin. Ja Kelly näki naisen, joka oli juuri syönyt pillunsa ja antanut hänelle lesboorgasmin.

Sitten Erika poisti punaisen pallon, ja yhtäkkiä Kellyn suu vapautui haukkoen syvää ilmaa.

Erika oli iloinen nähdessään vihdoin kauniin vaimon kasvot. Ja hän ihmetteli, miltä Kellyn ääni kuulosti vai aikoivatko he todella sanoa toisilleen mitään.

Mutta se ei tapahtunut, ei vielä.

Richard työnsi kukkonsa Erikan takapuoleen, ja orja päästi pienen huutavan äänen. Kukko meni syvemmälle, ja Erikan silmät laajenivat ja hänen suu avautui, kun hän katsoi edelleen Kellyä silmiin.

"Pidätkö vaimostani?" Richard kysyi kukkonsa syvälle orjan perseeseen.

"Kyllä... sir. Todella paljon."

Hän vetäytyi taaksepäin ja työnsi sitten Erikan henkeään.

"Haluatko suudella häntä?" hän kysyi.

"...oi...kyllä sir."

"Tee sitten se. Hän ei ole koskaan edes suudellut tyttöä ennen. Sinä olet hänen ensimmäinen."

Erika kumartui ja suuteli hillittyä vaimoa, kun kukko alkoi ihailla hänen kusipäätään. Se oli virallisesti Erikan ensimmäinen kolmikko. Siinä vaiheessa hän tunsi, että hänen perseensä stimuloi Richardin kovaa kalua ja hänen huuliaan stimuloi Kellyn suun pehmeys.

Vittu jatkui ja Erika tunsi kusipäänsä tottuvan siihen, että kukko hakkaa häntä. Kaiken hänen vuosien anaalikokemuksensa aikana sitä ei ollut koskaan aiemmin tehty näin rankkaa. Hän oli tottunut lempeään anaaliseksiin. Mutta tämä ilta ei ollut lempeän seksin ilta. Tänä iltana hän oli orja. Ja hän oli orja, jonka omistaja halusi naida hänen perseeseensä.

Vitun jatkuessa Erika jatkoi Kellyn suutelemista suulle. Siitä tuli huolimaton märkä kielen suudelma. Erika rakasti sitä tunnetta. Ja hän rakasti erityisesti sitä tosiasiaa, että Kelly ei ollut koskaan ennen suudellut naista. Kellyn lesboneitsyyden ottaminen herätti eroottista jännitystä.

"Pidätkö kovasta seksistä?" omistaja kysyi.

Hän kamppaili puhuakseen. "Kyllä herra."

"Kerro minulle, jos siitä tulee liikaa. En koskaan halua satuttaa sinua, kultaseni. Mutta minä todella haluan saada sinut seurustelemaan. Haluan sinun kumartavan vaimoni tapaan."

Anaalivitun tekeminen muuttui kovemmaksi ja intensiivisemmäksi, kun Richard tarttui hihnaan ja veti kevyesti, mikä tukahti hieman Erikan kaulusta. Tämän seurauksena hänen hengityksensä rajoittui ja hän tunsi puristavaa puristusta kaulassaan.

Erika lopetti sidotun vaimon suutelemisen, kun anaalivitun vaikeutui. Siitä tuli yhä kovempaa ja sänky alkoi täristä. Erika tunsi paineen nousevan sisällään, kun hänen perseeseensä lyötiin.

"Voi luoja", Erika kuiskasi samalla kun hänen niskaansa puristettiin. "Perseeni... perseeni..."

Tuolloin Erikan takaosa töksähti niin lujaa, että hänen pienet päärynänmuotoiset rinnansa alkoivat heilua edestakaisin. Kyyneleet nousivat hänen silmiinsä ja hän jatkoi pientä vinkumista.

Talutinta vedettiin kovemmin ja kaulus kiristyi, jolloin Erika sai vähemmän ilmaa hengittää.

Vielä pahempaa, kun Richard jatkoi hihnan vetämistä toisella kädellä, hän kurkotti toisella kädellään Erikan herkän nännin alapuolelle. Hän puristi ja väänteli sitä. Paskiainen. Hän tiesi hänen heikkoutensa. Hän tunsi naisen herkän paikan ja käytti sitä hyväkseen seksin aikana. Hänen vaaleanpunainen nänni oli tuskassa. Mutta se oli myös hänelle suuren ilon lähde.

Hänen suustaan kuului lyhyitä murisevia ääniä. Hänen silmänsä sulkivat. Hänen ruumiinsa oli jäykkä, kun hän kesti perseen hakkaamista, hengitysrajoituksia ja nännin kidutusta. Ja hänen kätensä puristivat tiukasti lakanan. Voimakkaan anaaliseksin ja seksuaalisen stimulaation tunne kasvoi orjan sisällä, ja Richard aisti sen helposti.

"Höh, orjani", Richard murahti. "Ruiskuta kuten vaimoni teki."

Hän päästi irti hänen nännensä, ja sen sijaan hän kurkotti alas ja leikki asiantuntevasti Erikan kipeällä klitoriksella samalla kun hän hurmasi hänen kusipäätään pystyssä olevalla kukkollaan. Erikalle oli selvää, että hänen omistajansa oli hyvin perehtynyt tähän tehtävään, ja hänen on täytynyt tehdä niin monta kertaa vaimonsa Kellyn kanssa. Niin onnekas nainen, Erika ajatteli.

Talutinta vedettiin kovemmin ja kaulus tiukistui Erikan kaulan ympärille, mikä esti häntä huutamasta.

Huutojen sijaan Erikan suusta tuli lyhyitä ilmaa, kun hän saavutti orgasminsa. Hänen selkänsä kaareutui ylöspäin samalla kun hänen persettä lyötiin rajusti, ja klilistaa hierottiin raivokkaasti.

"Perseeni", hän huusi pehmeästi, ja hänen tiukka pikku kusipäänsä venytti kovasti. "Perseeni."

Se oli hänen vuoronsa cum. Ja oli myös hänen vuoronsa ruiskuttaa. Muutama nestepurskahti Erikan pillusta ja Kellyn vartalolle. Hän ei kumartunut niin paljon kuin Kelly. Erika ei todellakaan ollut luonnollinen ruiskuttaja. Mutta hän ruiskutti tarpeeksi antaakseen lausunnon.

Ja se lausunto oli, että seksi oli ihmeellistä ja että hän rakasti olla orja tuolle avioparille.

Hihnan ote vapautui hitaasti, ja kaulus tuntui vähemmän rajoittavalta. Erika tunsi ilman palaavan keuhkoihinsa ja niskaansa ja kurkkuaan helpottuneena. Tuntemansa intensiivisen orgasmin ja kauluksen löystymisen välillä Erika tuskin huomasi sitä tosiasiaa, että Richard oli juuri kumartunut hänen kusipäänsä sisällä.

"Olen valmis", Richard sanoi vapauttaen täysin otteensa hihnasta. "Nyt sinun on aika siivota."

Erika tunnisti vihjauksen hänen äänestään. Hän oli hetken hiljaa ja hengitti raskaasti. Hän halusi saada malttinsa takaisin ennen kuin puhui uudelleen omistajalleen.

Se kaikki oli osa oikeaa orjaa.

"Kuinka haluaisit minun tekevän sen, sir?" hän kysyi hyvin sävelletyllä oikealla äänellä.

"Paina pohjaasi vaimoni kasvoja vasten. Hän puhdistaa sinut."

Erika oli järkyttynyt. Mutta kun hän katsoi alas, hän näki halukkaan ilmeen Kellyn kasvoilla, joka nyökkäsi antaakseen Erikalle tietää, että se oli kunnossa.

Kun kukko oli vedetty pois Erikan perseestä, hän ryömi ylöspäin ja istui pystysuorassa, asettaen kusipäänsä juuri Kellyn suun yläpuolelle ja hän laskeutui. Syvällä sisimmässään Erika tuntui jotenkin pahalta olla tuossa asemassa, mutta se ei ollut hänen kutsunsa. Sitä hänen omistajansa halusi. Ja päätellen tottelevaisesta nuolemisesta hänen perseensä yhtäkkiä tuntui, Kelly halusi myös sen.

Kun Erika tunsi sidottu vaimon nuolevan ja puhdistavan hänen kusipäätään, hän sulki silmänsä ja nautti hetkestä. Se oli ylivoimaisesti hänen elämänsä hulluin yö. Mikään ei ollut koskaan tullut lähelle.

Huutokaupaksi tuleminen oli monella tapaa parasta, mitä hänelle on koskaan tapahtunut. Se antoi hänelle luottamuksen tunteen. Tunne, että hän voisi tehdä mitä tahansa. Hän ei ollut koskaan tuntenut olonsa niin mukavaksi omassa ihossaan.

Se oli seksuaalista vapautumista parhaimmillaan.

Kellyn kieli meni hieman syvemmälle peräaukon sisään imemään kumpua, ja Erika tunsi olevansa tyytyväinen orja. Hän mietti, voisiko hän tehdä tämän enää koskaan ja kenen kanssa?

Epilogi:

Vuosi oli kulunut ja Richard oli luvannut Kellylle jotain erityistä.

Hän oli tullut aikaisin kotiin töistä. Samaan aikaan Kelly oli juuri palannut pitkän toimistopäivän jälkeen. Hän oli edelleen pukeutunut toimistoasuihinsa.

Kun hän tuli kotiin, häntä käskettiin riisumaan kenkänsä ja laskemaan käsilaukkunsa alas.

"Saanko ainakin vaihtaa vaatteet ensin?" hän kysyi. "Voisin ehkä myös käydä suihkussa."

"Sinun salliminen pilaisi yllätyksen."

Kelly hymyili: "Toinen hullu lahja 11-vuotispäivänämme?"

"Se on oikein", hän sanoi ja otti taskustaan silmäsidoksen.

Hän katsoi häntä epäilevästi, mutta suostui. Hän käytti sidosta, ja Richard vei hänet ylös portaita pitkin käytävään heidän makuuhuoneeseensa.

Kun he saapuivat määränpäähän, Richard kysyi oliko hän valmis, ja hän sanoi olevansa valmis.

Side poistettiin.

Kellyn leuka melkein putosi alaston naisen nähdessään, joka oli sidottu aviovuoteeseensa. Alaston naisen ranteet ja nilkat oli sidottu yhteen köydellä. Hän oli polvistuvassa asennossa perse ulospäin.

Se ei kuitenkaan ollut vain alaston nainen. Se oli joku, joka vaikutti tutulta. Joku, jonka Kelly pystyi tunnistamaan alaston takapuolen perusteella.

"Onko se... Erika?" hän kysyi.

"Miksi et maista ja ota selvää?"

"Teitkö sinä..."

"Ostin hänet täksi illaksi. Tai pidempään, jos haluat. Hän voi olla orjamme, kun tarvitsemme häntä. Hän on enemmän kuin halukas."

"Olet liikaa", Kelly sanoi kevyesti hymyillen ja pudisti päätään epäuskoisena.

"Mene, maista kulta."

Kelly katsoi miehelleen epäselvän katseen, sitten hän lähestyi sidottua orjaa, laskeutui polvilleen ja levitti orjan takaosaa vielä pidemmälle molemmin käsin. Kelly alkoi harrastaa suuseksiä Erikan kusipäälle ja pillulle.

Kun hän jatkoi suullista työtään, hän kuuli Richardin äänen avaavan laatikon. Hän yritti jättää sen huomioimatta ja keskittyä palvelemaan orjaa suullisesti. Mutta hän ei voinut sivuuttaa sitä, kun Richard asetti pienen laatikon sängylle orjan viereen.

Kelly näki silmäkulmastaan, mitä pienessä laatikossa oli. Se oli äskettäin ostettu kiinnityspakkaus, ja Kelly tiesi, että siitä tulee toinen pitkä yö.

MUSLIMEN VAIMO

43

Yksi kartanon ainutlaatuisista piirteistä oli se, että missään huoneessa ei ollut ovea. Joten kuka tahansa näki mitä tahansa, milloin tahansa.

Samira ei koskaan ollut kuvitellut kuuluvansa tähän. Hän oli hyvä musliminainen. Hän oli täällä vain, koska hän oli monta vuotta sitten perinyt isänsä marokkolaisen laivayhtiön, ja älykkäiden ja taitavien liiketoimintapäätösten avulla hän pystyi luomaan itselleen pienen omaisuuden.

Tämä menestys antoi hänelle mahdollisuuden elää ylettömästi Amerikassa. Hänestä ei ollut vain tullut varakas bisnesnainen , vaan hän teki itselleen mainetta myös hyväntekeväisyysmaailmassa hieroen olkapäitään suurien kuuluisuuksien ja poliitikkojen kanssa.

Nyt hän oli täällä, "Bondage Manorin" pohjakerroksessa, kuten monet elitistiset vieraat olivat sitä epävirallisesti nimenneet. Hän oli täällä vain miehensä Michaelin takia, joka oli Britannian kansalainen ja varakas teknologiasijoittaja, jolla oli kaikki oikeat yhteydet (mukaan lukien tällainen paikka).

Hän oli 35-vuotias neitsyt, kun he menivät naimisiin kuukausia sitten, eikä hän vieläkään voinut uskoa, että hän oli puhunut hänet osallistumaan tämän kaltaiseen hedonistiseen tapahtumaan. Se oli myöhästynyt häälahja , Michael oli kertonut hänelle. Lahja lähimmältä ystävältään, hän lisäsi.

Kaikki vieraat olivat moitteettomasti pukeutuneet tilaisuuteen. Samiran kokoonpanoon kuului puolestaan tyylikäs valkoinen mekko, korkokengät ja hienot korut. Hänen mehukkaat, aaltoilevat mustat hiuksensa oli jaettu keskeltä alas ja virtasivat vapaasti; juuri niin kuin hänen miehensä piti. Se sai hänet näyttämään erinomaisen houkuttelevalta, kuten hän usein sanoi.

Hän katseli ympärilleen toivoen, ettei kukaan tunnistaisi häntä. Kukaan ei tehnyt. Pääosin keski-ikäisten pariskuntien vieraat, kaikki valkoiset, olivat liian kiireisiä keskittyessään huutokaupassa oleviin erilaisiin palkintoihin.

Vähäpukuiset naiset seisoivat eri tasoilla, kun vieraat tekivät tarjouksia haluamistaan tuotteista. Kaikki naiset olivat viehättäviä. Nuoret aikuiset. Eri etnisistä ryhmistä ja taustoista. Ja Samira ilahdutti nähdä, että jokainen nuori alistuva nautti siellä olemisesta miellyttävän ja viettelevän hymyn viehättävillä kasvoillaan.

"Pitää hauskaa?" Michael kuiskasi viettelevästi hänen korvaansa. "Alkaat näyttää mukavammalta olla täällä."

Samira piti miestään lähempänä. "En sanoisi niin. Olen edelleen hyvin hermostunut."

"Olemme pian omassa huoneessamme, enemmän yksityisyyttä. Kuka sinua kiinnostaa?"

Hän arvioi vaihtoehtojaan tarkemmin. Totuus oli, että hän olisi ollut tyytyväinen mihin tahansa alistuneeseen. Äskettäin naimisissa olevana naisena seksi miehensä kanssa oli edelleen ihmeellinen nautinto, joka jätti hänet tyytymättömäksi. Michael oli hyvä sängyssä, ja kaikki hänen aistilliset nautintonsa olivat täyttyneet.

Mutta ajatus tutkia toisen naisen kanssa oli ainutlaatuinen tilaisuus työntää hänen seksuaalisuutensa rajoja entisestään. Hän sovitti sen tiukkojen uskonnollisten vakaumustensa kanssa sillä tosiasialla, että tämä kuului hänen avioliittonsa rajoihin.

Kun hän selaa, joku osui hänen silmään.

Viattoman näköinen ruskeaverikkö tiukasti istuvassa mustassa mekossa, joka oli pienikokoinen ja maidonvalkoinen iho; iho, joka näytti virheettömältä. Hänen kasvonsa olivat pyöreät ja hänen kokonsa pieni. Sukellusautoa piti hihna ja kaulus kaulassa, ja hän oli polvillaan pehmustettuna pörröisellä punaisella tyynyllä. Hän ei voinut olla vanhempi kuin 20-luvun puoliväli, ja hänen ruskeat hiuksensa oli sidottu siistiin nutturaan.

"Hänen?" Michael kysyi huomatessaan vaimonsa tuijottavan.

Samira vahvisti: "Minusta hän on ihana. En voi uskoa, että hän on edes täällä. Sellainen tyttö?"

"Fantasioilla ei ole rajoja, kultaseni. Olen varma, että hänellä on mielenkiintoinen tarina. Tarkastellaanko asiaa tarkemmin?"

He menivät tämän pienen nuoren naisen luo. Myös muut kartanon vieraat olivat selailemassa. He tutkivat alistuvan kasvoja, vartaloa sekä näytöllä olevia tietoja.

Nimi: Erika

Ikä: 24

Pituus/paino: 5'2 110 paunaa

Ammatti: Ylioppilas (taloustiede)

Ensisijainen: Lähetys

Suuntautuminen: Avoin kaikkeen

Taidot: Kaikki ja kaikki. Pariskunnat. Suun puhdistus.

Reiät: Kaikki 3 saatavilla

Kokemus: 3. tapahtuma

Lainaus: "Hei, nimeni on Erika, ja haluaisin olla lelusi. Vaikka olenkin melko uusi , olen silti hyvin utelias ja avoin monille asioille. Voin olla hyvä tyttö tai huono tyttö . Valintasi on iloni."

Lähtöhinta: 500 dollaria

Sub 'Erika' pysyi stoikkana, kun potentiaaliset ostajat katselivat hänen kauneuttaan ja heillä oli pahoja ajatuksia siitä, mitä he haluaisivat tehdä hänen kanssaan. Hänen kasvojaan oli mahdoton lukea.

"Pitäisikö minun tehdä tarjous?" Michael kysyi vaimoltaan. "Vai pitäisikö meidän jatkaa selaamista? Saatat olla joku muu, josta pidät enemmän."

Samira oli päättäväinen. "Ei. Tämä. Pidän hänestä. Hän näyttää niin suloiselta. Se saa minut ihmettelemään, millainen hän on yksityiselämässä."

"Tietenkin, kultaseni. Tämä on sinun kokemuksesi ihailtavana."

Michael teki tarjouksen tästä tietystä subbarista , ja Samira katseli, kun hänen miehensä teki liiketoimintaa.

Kun tarjoukset tehtiin ja aika tuli, huutokauppa eteni. Kaikkiaan alistuneita oli vähintään 20. Jokainen niistä huutokaupattiin. Mitä tulee vieraisiin, jotka eivät päässeet ostamaan sukellusta tälle päivälle, heillä oli ilmeisesti kiire toistensa kanssa tai avustajien kanssa, jotka auttaisivat helpottamaan päivän viihdettä.

Samiran sydämenlyönti nousi, kun hänen miehensä tarjosi. Hän ei halunnut kenenkään muun omistavan Erikaa. Rehellisesti sanottuna hän halusi Erikan itselleen ja Michaelin trioksi. Niin ihana tyttö kuin se, hän halusi pitää turvassa ja hoivata, melkein äidinmielisellä tavalla.

Ja jos he todella voittivat tarjouksen? Olisiko tämä hänen ensimmäinen lesbokokemus? Hän tunsi paniikkia ja häpeää. Jos joku hänen kotimaassaan tietäisi...

Sitten hän kuuli sen: myyty!

Michael voitti tarjouksen. Alistuva Erika nousi jaloilleen ja hihna annettiin miehelleen.

Kun alistuva tuli alas, Samira ja Erika olivat kasvotusten. Alistuva hymyili. Samira saattoi vain ajatella, kuinka kaunis tämä nuori nainen oli ja kuinka virheettömältä hänen ihonsa näytti; se melkein hehkui. Ja nuo huulet! Erikalla oli mehukkaimmat ja luonnostaan tuuheat huulet, mitä kuvitella voi. Miltä heidän täytyy tuntea suudelman aikana tai mistä tahansa muusta... Samira ihmetteli.

Michael auttoi murtamaan hankaluuden ja he kaikki esittelivät. He vaihtoivat miellytyksiä ja Samira tunsi syyllisyyttä siitä, että he käyttäisivät tätä nuorta naista seksuaaliseen nautintoon, eikä mihinkään muuhun.

He kaikki nousivat portaita ylös yhdessä. Michael oli keskellä, ja kaksi naista lukitsivat kätensä hänen kummankin ympärilleen. Tähän mennessä puolue oli kehittynyt. Se oli edelleen korkeatasoinen asia yhteiskunnalliselle eliitille. Mutta rinnat paljastuivat. Ruumiinosat näkyivät.

Saavuttuaan ylempään kerrokseen, jossa olivat kaikki makuuhuoneet, he kuulivat jo valituksen ääniä ja Jumala tietää mitä muuta. Samira kurkisti yhteen huoneista ja näki aasialaisen alistuvan polvillaan miellyttämässä miestä suullisesti hänen vaimonsa katsoessa.

Viereisessä huoneessa alistuva latinalainen riisuutui pariskunnalle ja mallinsi ylpeänä hänen veistoksellista vartaloaan ja tummia nännejä katselun iloksi. Vielä toisessa huoneessa alistuvan silmät sidottiin ja hänet sidottiin sängylle levitettynä.

Jälleen kerran Samiran syyllisyys Erikan käyttämisestä tällä tavalla vei hänet.

He saapuivat huoneeseensa. Se oli hieno ja sen seinällä oli japanilaista taidetta. Siellä oli myös iso ikkuna, joka vartioi pihaa, jossa monet ihmiset vielä seurustelivat ulkona, kun alasti palvelijat tarjosivat ruokaa ja juomia. Samira kauhistui ajatuksesta, että kuka tahansa voisi vain katsoa ylös ja nähdä heidät. Mutta ne olivat tämän paikan säännöt.

Kohteliaisuudesta Michael poisti Erikan kauluksen, jolloin hän näytti vieläkin terveellisemmältä.

Samira halusi sanoa: 'Sinun ei tarvitse tehdä tätä, Erika. Voit vain katsella meitä, jos se tekisi olosi mukavammaksi.

Ennen kuin nuo sanat pääsivät pakoon Samiran suusta, Erika oli tehnyt aloitteen.

oli rento ilme, kun hän seisoi heidän edessään, avasi mekkonsa takaosan vetoketjun ja antoi sen pudota lattialle. Hänen ihonsa oli vaalea ja hänellä oli hienovaraisia käyriä. Hän käytti yhteensopivia valkoisia rintaliivejä ja pikkuhousuja sekä sukat ja sukkanauhat. Ohuet pitsirintaliivit satiinireunoilla näyttivät hänelle kupin koon liian pieneltä, mikä vaikutti tarkoitukselliselta ja sen seurauksena hänen ruusunväriset nännit näkyivät päällä.

Sillä hetkellä Samira tiesi, että hänen oma tuomionsa oli väärä. Tämä ei ollut virhe. Tämä nuori alistuva tiesi hyvin, mitä hän oli tekemässä, ja seisoi nännit osittain paljaana ja katsoi itseään varmistaakseen, että hänen alusvaatteet näyttivät oikein. Hän sääteli rintaliivit ja pikkuhousut ja oli enemmän kuin tyytyväinen siihen, että hänen nännit näkyivät.

"Olen valmis", Erika sanoi hauraan hymyn ja kädet lanteilla.

"Olet melkoinen taloustieteen opiskelija", Michael huomautti ihaillen tuskin olemassa olevaa alusvaateasua.

Erika nyökkäsi. "Tämä on itse asiassa viimeinen vuosi. Olen ollut työharjoittelussa kaksi kesää peräkkäin ja toivon saavani työpaikan talousanalyytikkona ensi vuonna."

"Aivot ja kauneus. Aivan kuten vaimoni. Hän johtaa suurta laivayhtiötä."

"Vai niin?" Erikan kulmakarvat kohosivat ja hän katsoi Samiran kiihkeää vartaloa.

"Näyttää siltä, että olemme täällä kaikki ammattilaisia", Samira huomautti. "Mieheni ja minä olemme uusia täällä. Olemme äskettäin naimisissa. Emme ole koskaan tehneet mitään tällaista ennen, jos voit uskoa sitä."

Erika nyökkäsi. " Voi , uskon sen ehdottomasti. Tämä paikka on uteliaiden parien suosiossa."

"Olen huomannut. Tämä paikka on... ainutlaatuinen."

"Se on hyvä asia. Dom /sub -juttu on ainutlaatuinen ja vaikea saada oikein. Mutta sitä varten tämä paikka on. Opastaaksesi."

Samira jännittyi pehmeästi. "Olet varma, että olet erittäin pätevä opas."

"Minua on koulutettu täydellisyyteen. Joten kyllä, olen erittäin pätevä monissa asioissa. Ja rakastan nauttia."

"Olet myös suloisen näköinen."

"Oletko sinä se, joka valitsi minut?" Erika kysyi söpö ilme pyöreillä kasvoillaan.

"Tein", Samira myönsi. "Minusta olet söpö. Ehkä jopa kutsun sinua seksikkääksi. En ole koskaan ollut naisen kanssa ennen, mutta mieheni haluaa minun tutkivan jotain uutta."

"Se on täydellistä. Rakastan pareja. Olen ollut muutaman kanssa, ja minulle on kerrottu, että olen erittäin hyvä siinä."

Samira veti syvään henkeä tytön kokemuksesta. "Sinä vaikutat..."

"Syytön?" Erika kysyi leikkisästi lopettaen Samiran lauseen.

"Kyllä. Näytät todellakin enkeliltä."

"Samira, jopa enkelit nauttivat."

"Joista puheen ollen", Michael keskeytti. "Minulla on pyyntö. Erika, ostimme sinut iloksemme. Mutta se on tylsää. Aivan liian ennakoitavissa. Sen sijaan, Erika, annan sinulle täydellisen hallinnan meistä; minun vaimo varsinkin. Haluan vaimoni muistavan tämän. Voitko tehdä sen, Erika?"

Samira haukkoi henkeään ilmoituksesta, ja Erikalla oli päinvastainen reaktio, pirullinen virne.

"Teillä molemmilla on onnea", Erika vastasi heikosti iloisesti. "Koska olet ostanut oikean tytön työhön. Ajattelen aina tapoja olla tuhma hienostuneiden ihmisten kanssa. Olen varma, että voimme keksiä jotain."

"Onko mitään mielessä?" hän kysyi.

Erika kääntyi Samiran puoleen ja pohti. "Hmm... katsotaan. Sellainen tyylikäs ja tyylikäs nainen. Voin kertoa, että olet epäröivä täällä. Mutta voin korjata sen."

Samira ei voinut muuta kuin seistä paikallaan ja odottaa, kun tämä nuori alistuva katseli häntä edelleen ja ajatteli kaikenlaisia poikkeavia ajatuksia siitä, mitä he kaikki tekisivät hetken kuluttua.

"Tiedän", Erika sanoi vihdoin ja hänen silmänsä loistivat. "Haluan sinun käyttävän kaulustani, kun pidän talutushihnasta. Ikkunan vieressä."

Rullan kääntyminen tuli niin äkillisesti , ettei Samira tiennyt miltä tuntuisi. Se oli shokki. Tähän hän ei alun perin suostunut. Ja leikkikalujen käyttö ei todellakaan ollut syy, miksi hän tuli tänne.

Hän katsoi miehensä puoleen saadakseen moraalista tukea, mutta sellaista ei ollut. Michael vaikutti täysin ymmärtävän tätä ideaa, ja Samira oli vähempi.

"Haluatko alentaa minua?" Samira kysyi piilottaen epämukavuuden ääneensä.

"Ei. Haluan vain katsoa sinun imevän kukkoa."

Samira teki parhaansa säilyttääkseen ihmisarvon. "Ja miksi se on?"

"Se on minun lempiasiani maailmassa", Erika vastasi hämärä kiilto silmissään. " Lisäksi sinulla on kivat kasvot. Se on eksoottisen näköinen.

Rakastan ihosi tummaa väriä. Olen innokas näkemään, miltä näyttäisit antamassa alistuvan suihin."

"Mutta ulkopuoliset saattavat nähdä minut."

"Vielä parempi", Erika nyökkäsi. "Ei ole epäilystäkään siitä, että sinut nähdään. Se tekee asioista hauskempaa, luota minuun."

Kun Samira seisoi mykistyneenä, Michael piti kaulusta ylhäällä.

"Sopiiko?" hän kysyi.

"Jos mietitään..." Erika lisäsi mielenmuutoksen. "Minulla on parempi idea. Käytä tätä sen sijaan."

Alistuva tyttö kurkotti taaksepäin ja avasi pitsirintaliivit paljastaen hänen pienet pirteät tissinsä ja ruusunväriset nännit kokonaisuudessaan. Hän puristi rintaliivit toisesta päästä ja pyöritteli sitä. Hänen söpöillä kasvoillaan oli iloinen ilme.

"Pidän tavastasi ajatella", Michael hymyili.

"Pienellä luovuudella pärjää pitkälle. Saanko kiittää?"

Mies nyökkäsi. "Sinä voit."

Samira seisoi paikallaan, kun Erika lähestyi rintaliivit kädessään . Samiran mehukkaat, tummat hiukset harjattiin taaksepäin, ja hän antoi Erikan kietoa pitsiset rintaliivit kaulansa ympärille luoden sileästä kankaasta improvisoidun kauluksen ja talutushihnan.

"Ikkunalle", Erika sanoi Samiran korvaan.

Vaimo kokosi, kun Erika veti hellästi, mutta lujasti. Samira ei tiennyt miltä tuntuisi. Hallinta oli menetetty. Ja enkelikasvoiselle nuorelle naiselle, ei vähempää. Kun Samira seisoi ikkunan edessä, hän näki ulkona olleet vieraat seurustelemassa ja alastomat palvelijat tarjoilemassa virvokkeita.

"Polvillasi", Erika sanoi ja kääntyi sitten aviomieheen puoleen. "Kukko, kiitos."

Samira nousi polvilleen ja hänen aistinsa vahvistuivat. Hän oli tarkkaan tietoinen kaikesta, mitä ulkona tapahtui, samoin kuin kaikki nautinnon valitukset käytävällä ja matto polvia vasten.

Vielä tärkeämpää on, että hän kuuli äänen, kun hänen miehensä riisui kenkänsä ja avasi housunsa siististi ja herrasmiesmäisesti (ominaisuus, jota hän oli aina pitänyt seksikkäänä). Iästään huolimatta Samira oli vielä uusi imevän munan maailmassa. Hän huomasi nauttivansa siitä. Se ei ollut läheskään niin alentavaa kuin hän oli odottanut kaikkina neitsytvuosinaan. Outoa, se tuntui jopa vahvistavalta monella tapaa, koska hän sai hallintaansa rakastamansa miehen orgasmin.

Mutta tehdä se täällä? Niin monien mahdollisten todistajien edessä? Erikan ohjauksessa?

Ajatus pelotti häntä. Hänellä ei ollut pikkuhousuja jalassa, mutta jos olisi, ne olisivat olleet kastuneet.

Kun hän polvistui ikkunan vieressä, hänen pohjaton miehensä seisoi hänen edessään. Hänen kukkonsa oli valmis imemään. Ensimmäistä kertaa tuntui, että Samiran aviomies oli enemmän rekvisiitta kuin mikään muu. Kukko hänen käyttöönsä. Tai kukko, jonka ainoa tarkoitus oli naida hänen suutaan.

Ennen toiminnan alkamista Erika veti rintaliiveistä/hihnasta oikaistakseen Samiran asentoa, sitten hän kurkotti paljastaakseen Samiran rinnat työntämällä mekon yläosan alas.

"Sinulla on kivat tummat nännit", Erika sanoi ja katsoi vaimon paljaan rinnan yli. "Ne ovat jo jäykkiä. Sinun täytyy olla innoissasi. Ei myöskään rusketuksen juonteita. Luonnollinen ihonvärisi on säteilevä. Olet äärimmäisen kaunis, Samira. En ole koskaan leikkinyt Lähi-idän naisen kanssa. Se on kuitenkin aina ollut fantasiaa ."

Samira ei vaivautunut vastaamaan ohuet rintaliivit kiedottuna kurkkunsa ympärille. Jos hän olisi voinut, hän olisi vain sanonut "kiitos".

Hän pysyi paikallaan, kun Erika kurkotti alas hieroakseen kutakin rintaansa ja säädellen jokaista tummia nännejään lähettäen väreet pitkin Samiran selkärankaa, kun häntä käytettiin kuin leikkikalua.

"Aloita imeminen nyt", Erika sanoi ytimekkäästi. "Niin kovaa kukkoa ei pitäisi koskaan jättää odottamaan."

Michael teki ensimmäisen liikkeen ja astui eteenpäin niin, että hänen erektionsa oli vain sentin päässä Samiran kasvoista. Yleensä hän rakasti katsekontaktia aviomieheensä kanssa. Se loi aina läheisyyden tunteen heidän välilleen.

Tällä kertaa hän ei jaksanut katsoa ketään. Hän piti silmänsä kiinni, kumartui eteenpäin ja imi miehensä erektiota juuri niin kuin tämä piti. Hänen huulensa kietoutuivat tiukasti ja hän teki parhaansa pyöritelläkseen päätään edestakaisin, vaikka pitsiliivit oli kiedottu hänen kaulaansa.

Hän tunsi kukko jäykistyvän suussaan. Se tarkoitti, että hän teki kaiken oikein ja että hänen miehensä rakasti tätä kokemusta. Hän kuuli myös eroottisen äänen, kun Erika hengitti kovemmin katsoessaan häntä.

Mikä show tämän on täytynyt olla subille. Ja mikä show vieraille ulkona. Jumalauta, oliko kukaan heistä katsonut? Tai joku muu käytävällä?

"Vie hänet koko matkaan", Erika sanoi hieman auktoriteettia. "Haluan nähdä sinut syvällä kurkussa. Nöyrä mielestäni hyvä suihinotto on epätäydellinen ilman suutinta tai kahta."

Syväkurkku. Nyt on jotain, mitä Samira oli varovainen välttämään. Hän oli nähnyt tuon teon pornografiassa ja piti sitä aina roskana ja luokkattomana. Koska hän oli arvokas nainen, hän vältti sitä hinnalla millä hyvänsä ja arvosti sitä tosiasiaa, ettei hänen miehensä ollut koskaan pyytänyt niin likaa.

Tässä tilanteessa tilapäisen talutushihnan ollessa kurkkunsa ympärillä hän tunsi olevansa pakko noudattaa käskyä. Hän puristi silmänsä kiinni, jotta kyyneleet eivät valuisi ulos. Ja hän toivoi, ettei hän kuulisi nöyryyttäviä suutteluääniä.

Hänen päänsä painui hitaasti eteenpäin, vei enemmän miehensä kukkoa suuhunsa ja kurkkuun. Hän tunsi kukkon nykivän kielellään osuen kurkkunsa yläosaan. Hänen miehensä rakasti sitä. Mikä petos. Hän vei hänet vielä syvemmälle, kunnes se saavutti hänen kurkkunsa sisäänkäynnin. Kummallista kyllä, hän tunsi olevansa ylpeä itsestään, kun hän kesti sen loppuun asti. Uusi seksuaalinen saavutus.

Hänen ylpeytensä romahti, kun väistämätön tapahtui; hän suuteli. Se oli töykeää ja ilkeää. Hänen silmänsä kypsyivät ja sylkeä valui hänen kalliin valkoisen mekkonsa yli. Hän piti ällöttävää ääntä ja tunsi häpeää siitä.

"Se riittää", Erika sanoi armollisesti. "Nyt haluan nähdä sinut kuseen. Nouse seisomaan ja paina kasvosi ikkunaa vasten. Älä huoli, lasi on tehty kestämään naisen painoa sitä vasten."

Erika veti kevyesti rintaliiveistä/hihnasta ja osoitti Samiran seisomaan ja katsomaan ikkunaa kohti. Samira suostui ja näki, että muutamat vieraista olivat todella katsoneet suihinottoa siemaillen samppanjaa ulkona. Erika irrotti rintaliivit/hihnan hänen kaulastaan ja heitti lattialle.

Samira levitti jalkansa, kun hänen miehensä työnsi hänen takapuolen posket ja sisäreidet erilleen. Hän painoi kasvonsa erityisesti asennettua lasia vasten lepäämällä kehon painonsa sen päällä ja tunsi miehensä levittäneen perseensä pidemmälle päästäkseen pilluaan takaapäin. Hän tunsi tämän asennon ja hän kaareutui selkänsä nostaakseen takapuolta.

"Katso minua", Erika sanoi viettelevästi kohteliaasti. "Haluan nähdä silmäsi ja kasvosi, kun sinut tunkeutuu. Se on voimakas ilme."

Samiran kasvot olivat jo kohti Erikaa. Heidän silmänsä lukittuivat. Kumpikaan heistä ei katsonut pois, kun kova kukko venytti Samiran pillua. Hänen suustaan huokaistiin ja hänen silmänsä laajenivat.

Hänen miehensä meni töihin vitun häntä takaapäin. Hänen vartalonsa keinui ja tissit huojuivat, ja hänen tummat nännit olivat yhtä kovat kuin koskaan. Varmasti enemmän kartanon vieraita katsoi tätä räikeää ekshibitioimista. Mutta Samira ei uskaltanut katsoa. Oli paljon houkuttelevampaa pitää katsekontakti tämän arvokkaan alistuvan kanssa, joka hallitsi kohtausta.

Erika kurottautui sormikseen Samiran pillua. "Vittu, olet niin märkä."

"Tiedän", Samira voihki takaisin, kun hänen pilluaan lyötiin ja hänen vartalonsa keinui edestakaisin.

Se oli aistillinen ylikuormitus, sillä Erika hyväili myös Samiran ruumista; pienellä valkoisella käsillä hieroen pilluaan ja kurottaen sitten ylös puristaakseen hänen rintojaan. Samira voihki joka kerta, kun häntä kosketettiin ja puristettiin. Ne pehmeät kädet saivat hänestä niin hyvän olon. Ja hänen pillunsa raivostuneena tuntui vielä paremmalta.

Valitukset kovenevat, kun Erika keskitti sormensa Samiran kuseen. Se sai Samiran silmät suureksi ja hänen hengityksensä vaikeutuivat.

"Löysin ihanan paikanne", Erika sanoi innostuneella äänellä. "Kuko vitun pilluasi ja sormeni leikkivät kusipäälläsi, kun ihmiset katsovat ulkoa. Ehkä et ole niin hyvä kuin näytät? Ehkä syvällä sisimmässäsi olet vain tuhma vitun lelu kuten muutkin Pidätkö siitä, Samira? Pidätkö siitä, että olet niin likainen nainen?"

Suburin ääni oli vaimentunut ja se oli täynnä himoa.

Samira kuiskasi. "Joo..."

"Cum nyt. Haluan nähdä sen."

Tältäkö taivas tuntuu? Samira ihmetteli, kun hänen miehensä päihitti hänen kusiansa ja Erika hieroi klitistään nopein, pyörivin liikkein. Hän sulki silmänsä ja nautti siitä. Yhteiskunta olkoon helvetissä. Tämä oli euforiaa.

Samira mutisi jotain kuulumatonta, kun nesteet valuivat hänen jalkojaan pitkin lattialle. Hänen cumpinsa sotki myös miehensä kukkoa ja Erikan kiireisiä sormia, jotka pysyivät säälimättömänä voimakkaan orgasmin aikana. Hän puristi leukansa ja hänen alavartalonsa jäykistyi siemensyöksyssä.

"Minäkin aion kumartaa", Michael huokaisi.

"Pulla hänen pilluansa", Erika neuvoi. "Minä hoidan siivouksen."

Samira tunsi miehensä puristavan hänen lantiotaan tiukasti ja hakkaavan häntä kovemmin. Se oli hänen merkkinsä lähestyvästä orgasmista. Rytmiset lyönnit täyttivät huoneen, kun hän työntyi voimakkaasti hänen pohjaansa vasten. Hänen pillunsa tunsi autuutta.

Hänen miehensä huokaisi ja tuli hänen sisäänsä. Se oli tunne, jota Samira oli aina vaalinut, tunne, että kumpi täytti hänen aukkonsa. Kun Michael huusi viimeisenä, Erika veti sormensa pois ja putosi polvilleen.

"Vittu kyllä", Erika kikatti ja taputti Michaelin palloja. "Jos nyt suokaa anteeksi, siivoan mieluummin heti... kun asiat ovat vielä lämpimiä ja raikkaita."

Samira ei liikahtanut. Hän tunsi miehensä munan "loksahtavan" hänestä. Tyhjyys hänen ammottavasta, kastelemasta aukosta korvattiin Erikan kielellä. Hänen elämänsä yllätys. Hänen ensimmäinen todellinen lesbokokemus.

Hän sulki silmänsä ja voihki, kun lahjakas kieli nuoli, koetti ja slurped hänen cum täynnä pillua. Kaikki nieltiin ja nieltiin. Hän nautti naisellisen kielen työntymisestä syvemmälle, jota seurasi Erikan kaunis suu, joka ahmi mehut.

Kun suu vetäytyi pois, Samira käänsi päätään ja näki Erikan imevän miehensä munaa. Se oli piina. Tästä ei ollut sovittu, ja hän tunsi kateutta. Mutta hänen täytyi ihailla sitä.

Erikan mehukkaat huulet kietoutuivat tiukasti veteen kastelevan kukon ympärille ja hänen päänsä nyökkäsi nopeasti, vetäen sen syvälle ilman aavistustakaan gag-refleksistä. Se oli kaunis. Graceful. Erikan huulet pyörivät toisinaan Michaelin pään ympärillä, ennen kuin hän kietoi huulensa varren ympärille imeäkseen voimakkaasti. Tältä todellisen kakunimemisen piti näyttää.

Erikan suu kulki edestakaisin, imi Michaelin kukkoa ja nuoli Samiran pillua.

"Miltä sinusta tuntuu?" Michael kysyi vaimoltaan.

Samira nautti kielen tunteesta takaisin reiässään. Hän pysyi kumartuneena kädet nojaten ikkunaan. Lisää vieraita seurasi rennosti tätä poikkeavaa kohtaamista, ja kuka tietää, kuka muu oli kurkistanut käytävälle. Hän ei enää välittänyt. Itse asiassa se oli hämmästyttävä käynnistys.

"Kuin uusi nainen", Samira saattoi sanoa.

Kun pillu oli puhdistettu, Samira kääntyi miestään päin ja kiitti Erikaa. Hän oli olettanut, että tämä epäpyhä kohtaaminen oli ohi. Mutta kun hän kohtasi heidät, hän näki Erikan jälleen seisomassa jaloillaan. He olivat vain sentin päässä toisistaan.

Samira ei voinut olla huomaamatta ne mehukkaat, täyteläiset huulet, jotka Erikalla oli. Huulet on tehty suutelemista ja imemistä varten. Tällä kertaa kuitenkin Erikan täyteläiset huulet kiiltelivät tuoreista pillumehuista ja peittivät kuumaa kumpua.

Erika nuoli huuliaan kiihtyneenä seisoessaan Samiran edessä, kun he lukitsivat silmänsä. Oli selvää, mitä tämä tyttö halusi. Miksi kieltää se?

He suutelivat. Samira painoi huulensa Erikan huulia vasten ja heidän suunsa avautuivat. Heidän kielensä painivat ja he jakoivat orgasmin nesteitä keskenään intohimoisessa vaihdossa. Heidän kätensä kietoutuivat toistensa ympärille ja heidän rinnansa ja kovat nännit painuivat yhteen.

Tuore cum vaihdettiin heidän suuhunsa ja rullattiin heidän kielellään. Hitaasti syyllisyys Samiran sisällä näytti unohtuneen pitkään. Kukaan ei koskaan tietäisi. Tämä oli salaisuus, joka pysyi aina orjakartanon sisällä.

KLUBIN BDSM

58

Oli kirkas päivä Park Avenuella, New Yorkin viehättävimmällä ja vaikuttavimmalla alueella. Kuten useimpina päivinä suurkaupungissa, työväenluokka meni toimistoihinsa ja sieltä pois, varakkaat nauttivat fine dining -ruokailusta ja turistit kulkivat naapuruston ottaessaan kuvia.

Vilkkaan naapuruston normeja lukuun ottamatta Erika seisoi alasti karussa huoneessa luksuskerrostalon 38. kerroksessa. Hän oli sijoitettu ikkunan eteen, jonka peitti ohut valkoinen verho yksityisyyden vuoksi.

Hänen kätensä olivat tiukasti sidottu yhteen hänen päänsä yläpuolella, kiinnitettynä mustaan köyteen, joka riippui kattoon koukusta.

Koristeltu musta naamio peitti hänen kasvojensa yläosan , mutta korosti hänen näkyvää nenää ja leukaa. Se antoi hänen kasvojensa kauneuden näkyä samalla, kun hän salasi hänen identiteettinsä. Hänen pitkät tummat hiuksensa valuivat vapaasti alas hänen selkäänsä, ja hänen huuliaan korosti rubiininpunainen huulipuna.

Silkkimustat sukat, joissa takana kulkeva sauma peittivät hänen muodokkaat jalat. Ne saivat hänen mahdottoman pitkät raajat näyttämään vielä pitemmiltä. Mustat korot täydensivät hänen niukkaa pukeaan. Hänen ruumiinsa oli esillä kaikessa alaston loistossaan.

Kukaan ei kiellä, että hän oli lumoava. Harvinainen voiman ja naisellisuuden yhdistelmä, hän vetosi sekä miehiin että naisiin. Vaikka hän oli hoikka mutta oikeista paikoista kurvikas, hän projisoi kuvan, että hänen ruumiinsa oli rakennettu kovaa paskaa varten . Erika oli 28-vuotiaana ymmärtänyt nauttivansa suuresti muiden seksuaalisesta hyväksikäytöstä, ja juuri sitä hän odotti tänään.

Edes hänen lähimmät ystävänsä eivät tienneet hänen pitämästänsä turmeltuneesta salaisuudesta. Hänen alistuva halunsa ja halunsa tulla käytettäväksi muiden iloksi saattaa olla heidän vaikea ymmärtää.

Lopulta hän antoi ammattilaisten hallita tätä salaista seurakuntapaikkaa. Se oli elegantti ympäristö, jossa tietyn luokan samanmieliset ihmiset voivat nauttia hyvin tuhmaista haluistaan. Naamiot olivat harkinnanvaraisia. Mutta Erikalle se oli ehdottoman välttämätöntä; kukaan ei voinut tietää, että hän antoi itseään kohdella niin skandaalimaisesti. Hän oli voimakas lakimies Jumalan tähden.

Säännöt olivat yksinkertaiset. Salassapito oli pyhää. Siisteydestä ei voi neuvotella. Kunnioitus oli tarpeen. Tämä oli eksklusiivinen tapaus ja kaikki pukeutuivat sen mukaisesti.

Kun Erika seisoi siellä sidottuna ja naamioituna, hän näki naishuutokaupanpitäjän astuvan paikalleen hänen viereensä. Huutokaupanpitäjä käytti tarkoituksenmukaisesti paljastavaa pukua, dekolteereita ja kaikkea sekä kultaista naamiota salatakseen henkilöllisyytensä. Hän oli pitkä nainen, jolla oli hallitseva aura, mikä teki hänestä täydellisen tehtävän.

Erika oli oudossa käänteessä liittynyt näihin tabutapaamisiin huutokaupanpitäjän pyynnöstä, joka uskomattoman oli myös Lea-niminen lakimies. He olivat vastustaneet neuvoja pitkän oikeudenkäynnin aikana. Kun tapaus päättyi, Lea pyysi Erikaa juomaan.

"Sinä tiedät jotain", hän oli sanonut Erikalle yksityisen pöydän ääressä, kun he molemmat romahtivat, kolhiintuneet ja uupuneet uuvuttavan tapauksen jälkeen. "Meidän kaltaiset naiset ovat harvinainen rotu. Teemme perseemme. Olemme älykkäitä. Hienostuneita. omistautuneita. Ja me molemmat pidämme siitä, että meitä naidaan tietyllä tavalla. Voisin kertoa, millainen nainen olet, kun näin sinut ensimmäisen kerran. ."

Erika melkein sylki juomansa. Antoiko hän todella jonkinlaista seksuaalista tunnelmaa? Miten tämä nainen saattoi päätellä, että Erika piti karkeista jutuista?

Suurimman osan Erikan aikuiselämästä seksi oli ollut vaniljaa. Tavanomainen jauhaminen vaadittiin vähimmäistason orgasmien saavuttamiseksi. Viime vuosina hän oli kuitenkin esittänyt muutaman tuhma pyynnön kumppaneilleen piristääkseen asioita. Karmeaa paskaa. Kevyt tukehtuminen. Jotain piiskaamista. Mutta mikä tärkeintä, hän oli pyytänyt, että häntä kohdeltaisiin seksuaalisena leikkikaluna, toisin kuin romanttisena kumppanina. Vasta kun nämä ehdot täyttyivät, Erika pystyi saavuttamaan maata mullistavia orgasmeja.

Oliko yksi hänen ex-poikaystävänsä levittänyt sanaa hänen poikkeavista haluistaan? Vai oliko Lea poikkeuksellinen seksimies? Erika ihmetteli katsoessaan peura ajovaloissa.

"Kuulun eräänlaiseen klubiin. Se on miehille ja naisille, jotka nauttivat epätavanomaisen seksin rajojen ylittämisestä. Ajattele sitä. Se on erittäin eksklusiivinen verkosto ja voisimme käyttää uusia jäseniä kuten sinä. Älä huoli, kukaan ei sitä tee. Koskaan tiedämme. On olemassa muodollinen sopimus, joka sisältää salassapitolausekkeen. Olemme kaikki sidottu salassapitovelvollisuuteen luopumisen ja sopimusten kanssa. Melko monet jäsenistä ovat lakimiehiä. Jos olet edelleen huolissasi yksityisyydestä, voimme tarjota sinulle mittatilaustyönä tehdyn maskin Venetsia. Jotkut arvostetuista naisjäsenistämme käyttävät niitä. Se saa heidät rentoutumaan tutkiessaan seksuaalisuutensa synkempiä puolia."

Erika oli mykistynyt ja hänen poskensa muuttuivat kirkkaan punaisiksi. Lea oli nähnyt tämän ilmeen ennenkin, monta kertaa. Pelkäämättä hän eteni eteenpäin ja levitti tietoa, joka teki Erikan pikkuhousut heti kastumaan.

Erikan äkillistä hyperventilaatiota hillitsevän keskustelun jälkeen Lea jatkoi puhettaan. "Kinkyä tavaraa. Köydet. Piiskat. Ryhmäasetukset. Dominanssi. Alistuminen."

"Kuten BDSM?" Erika kysyi.

Lea hymyili. "Se on BDSM-klubi. Itse asiassa osallistun hyvin ainutlaatuisella tavalla. Miten haluaisit tulla myydyksi? Jos olet samaa mieltä, varmistan, että menet jännittävimmän tarjoajan luo."

Erikalle kortin, jossa oli puhelinnumero . Siinä hän nousi, maksoi laskun, virnisti Erikalle, kääntyi ja lähti. Hän oli varma, että puhelu tulee. Tuo kohtalokas tapaaminen oli ollut Erikan siunatun seksuaalisen vapautumisen alku.

Useiden päivien intensiivisen pohdiskelun jälkeen hän soitti ja ajatteli, ettei hänellä ollut mitään menetettävää. Loppujen lopuksi Erika ajatteli, kenelle Lea kertoisi? He olivat molemmat uranaisia ja heillä oli paljon menetettävää maineensa ja mahdollisten asiakkaidensa suhteen.

Siinä vaiheessa hänen oppituntinsa alkoivat; perse, pillu, suu. Hän oli kurinalainen kaikilla taiteilla. Hänen kehonsa oli koulutettu pitämään eroottisia asentoja pitkiä aikoja. Kaikki hänen ilopisteensä löytyivät; vahvuudet ja heikkoudet määritellään. Ei kestänyt kauan, kun Lea oli luokitellut Erikan orjuuspaholaisen ja kipulutkaksi. Se oli oikea diagnoosi tälle kokemattomalle sukeltajalle.

Tietenkin Lea oli nauttinut suuresti roolistaan Erikan seksuaalisena mentorina. Harjoitteluohjelmasta vastannut Erika osasi erityisen hyvin antaa nautinnon juuri Lean ohjeiden mukaan. He olivat viettäneet monia nautinnollisia iltoja Erikan kasvot istutettuina hänen lihallisen valmentajansa pilluun ja kusipäähän. Tiukan oikeudellisen päivän päätteeksi tapaaminen laittomien toimien vuoksi oli tervetullut herkku. Heidän yhteinen intonsa ja työmoraalinsa teki heistä erityisen hyvin soveltuvia sekä antamaan että ottamaan omissa rooleissaan.

Se oli silloin.

Nyt vieraat istuivat huoneessa. Paikalla on täytynyt olla vähintään 15 henkilöä, mikä näytti olevan standardi. Erika ei osannut laskea tarkasti, koska hän oli lukittuna etuseinää päin. Käytävästä käsin hän kuuli lisää ihmisten jyrsivän asunnon loppuosassa (ainakin vielä 15).

Se oli totta, mitä he sanovat muiden aistien voimistumisesta, kun jokin on häiriintynyt. Askelten ja pehmustetuille korkeaselkätuoleille asettuvien ihmisten äänet kuuluivat selkeästi. Pian hän kuuli hiljaisia kuiskauksia kauneustaan. Lopulta keskustelut kääntyivät tavoille, joilla vieraat kuvittelivat käyttävänsä häntä tyydytyksensä.

Voimakas yhdistelmä sitoutumista ja tietämättömyyttä, mitä tapahtuisi, sai Erikan pillun kostumaan odotuksesta. Mehut kerääntyivät hänen reisiensä yläosaan, koska hänellä ei ollut häpykarvoja pitämään sitä intiimitilassa.

Huutokaupanpitäjä löi nuijan korokkeelle. "Hyvät naiset ja herrat, ennen kuin aloitamme, haluaisin henkilökohtaisesti kiittää teitä kaikkia saapumisesta. Meillä on tänään upea valikoima miehiä ja naisia. Olemme varmoja, että tulette nauttimaan tarjoamistamme nautinnoista."

Hän luopui tavanomaisista muodollisuuksista tapahtuman alkaessa. Hänen sanansa olivat ammattimaisia ja lausuttiin vakuuttavasti, jota vaaditaan hyvältä asianajajalta. Hänen toimituksessaan oli kuitenkin myös viettelevää ja leikkisää laatua. Pieni yleisö taputti, kun käsittely oli virallisesti käynnissä.

Huutokaupanpitäjä jatkoi: "Aloitamme ensin Erikasta, tästä upeasta kauneudesta, joka seisoo vierelläni. Virallisesti hän on työskentelevä ammattilainen, erittäin arvostettu alallaan. Epävirallisesti, teidän kaikkien edessä, häntä käytetään jonkun vitun leluna."

Erika ei voinut hillitä jännitystään ja pillunsa tahatonta kouristusta.

"Tiedän, että monilla täällä on fetissi työssäkäyviä naisia kohtaan. Uskokaa minua, kun kerron, että Erikalla on hänen uskomattoman ruumiinsa rinnalla olevat aivot. Kumpi teistä haluaisi omistaa hänet? Kuka haluaa saada tämän korkeasti koulutetun naisen alistumaan sinun alistukseesi. seksuaalisia oikkuja?"

Vaikka Erika ei kyennyt katsomaan, hän kuuli hyväksyvää nurinaa. Huutokaupanpitäjä pani kuitenkin merkille nyökkäykset, huulten nuolemisen ja katseiden terävöittämisen. Himoa oli ilmassa ja Erika oli kaikkien ruokahalussa.

"Aloitamme ensin hänen jalkojensa esittelyllä."

Huutokaupanpitäjä poistui korokkeelta nahkamela kädessään lähestyessään Erikaa . Sitten hän hieroi melan kärkeä pitkin Erikan mustia sukkia. Erika teki parhaansa pysyäkseen paikallaan omasta jännityksestään huolimatta.

"Nämä jalat ovat pitkiä ja virheettömiä", huutokaupanpitäjä sanoi. "Ilman korkokenkiä hän seisoo 5'8:ssa". Hän on juoksija ja ajanut useita maratoneja hyväntekeväisyyteen. Ajatelkaapa, kuinka hyvältä tuntuisi ajaa sormia, huulia, pilluja tai munaa näiden jalkojen yli."

Erika kastui melan noustessa ylöspäin ja lyötiin persettä vasten.

"Tiedän, että monet teistä nauttivat hyvän piiskan antamisesta kypsälle perseelle. Erikan takapuoli on täydellisen pyöreä ja rehevä; hänen herkkä ihonsa kestää pitkiä melontakohtauksia. Saanen esitellä osoituksen . "

Mela painettiin tasaisesti Erikan vasenta takaposkea vasten ja huutokaupanpitäjä veti sen pois. Ukkonen taputus kuului, kun mela ja hänen perseensä koskettivat jälleen. Se kaikui äänekkäästi huoneessa ja sai Erikan säpsähtämään, vaikka hän yritti pysyä paikallaan.

Toinen isku annettiin. Sitten toinen. Ja toinen. Jokainen isku oli kovempi kuin edellinen. Molemmat posket saivat yhtä paljon piiskaukseen liittyvän polttavan tunteen.

Kun piiska oli päättynyt, valkoinen iho oli punoittanut ja säteili lämpöä.

"Hyvät naiset ja herrat, tämä on vain kiusanteko", huutokaupanpitäjä hymyili oman naamionsa takana. "Nyt hänen peräaukkonsa."

Erika oli vasta tottunut perseen naimiseen liittyessään tähän salaiseen BDSM-ryhmään. Vaikka hän oli pitkä ja vaikutti vahvalta rakenteeltaan, hänen peräaukkonsa oli herkkä ja pieni. Vain paikalla olleet asiantuntijat pystyivät sovittamaan suuria kukkoja hänen kiellettyyn reikään. Se vaati hallintaa ja kärsivällisyyttä.

Pehmeät, naiselliset kädet koskettivat Erikan takapuolta ja pakottivat hänen posket erilleen paljastaen hänen pienen ruskean aukon ryhmälle. Hän tunsi olevansa täysin paljastunut ja haavoittuvainen, kun ilma virtasi hänen peräaukkonsa yli. Kummallista kyllä, hän tunsi myös huoneen nälkäisten katseiden katselevan sitä kaikessa loistossaan.

"Kuten kaikki näette, hänen reikä on tuskin siellä, pieni ja pyyhkii venytystä. Jonkun onnekas kukko voisi löytää sieltä nirvanan tänään."

Esityksen rohkeassa osassa huutokaupanpitäjä laski melan ja piti Erikaa lantiosta ja käänsi hänet ympäri, jotta hän kohtaisi pienen yleisön.

Erika näki väkijoukon naamionsa läpi. Se oli tyypillinen ryhmä; miesten ja naisten tasainen jakautuminen. Kaikki olivat tiukasti pukeutuneita rennon tyylikkäästi. Heidän kasvoillaan oli sama halu, koska he kumpikin toivoivat pääsevänsä pois erityisellä tavalla. Erikan rintojen ja pussun näkemys näytti lumoavan osallistujat, kun se tuli näkyviin.

Erikan nännit muuttuivat kivikovaksi.

Huutokaupanpitäjä otti melan uudelleen ja painoi sen lujasti Erikan häpyhuuliin, mikä muuten painoi myös klitorista.

"Voin rehellisesti sanoa, että minulla on ollut ilo maistaa, mitä näiden jalkojen välissä on. Hyvät naiset ja herrat , haluatteko naida hänen pilluaan tai syödä sen, olette todellista herkkua."

Erika tunsi melan siirtyvän hänen pyöreisiin rintoihinsa kiertäen vaaleanruskeita nännejä. Mela löi pehmeästi jokaisen tissin alapinnan, mikä sai hänen rinnansa heilumaan ihailevan joukon edessä.

"Ja katsokaa vain näitä tissejä", huutokaupanpitäjä sanoi iloisesti. "Voiko kukaan teistä uskoa, että ne ovat todellisia? Ja ne ovat hyvin todellisia, voin vakuuttaa teille."

Erika voihki, kun huutokaupanpitäjä kumartui puristaakseen karkeasti hänen vasenta tissään ja puri kevyesti nänniä. Huutokaupanpitäjä imi nänniä nopeasti ennen kuin päästi sen irti.

Lopulta mela siirtyi Erikan huulille.

"Viimeisenä, mutta ei vähäisimpänä, hänen suunsa. Täydellinen suudella. Täydellinen imemiseen. Täydellinen siivoamiseen. Mainitsinko, että hän rakastaa syömistä? Sekä miesten että naisten . "

Yleisöstä kuului lisää hyväksyviä nyökkäyksiä.

"Lopuksi totean, että tämä on tuskallinen lutka", huutokaupanpitäjä tiivisti. "Hänellä on korkea toleranssi ja hän kaipaa parastasi."

Erika pani välittömästi merkille yleisön reaktion, joka vaihteli haukkumisesta virnistykseen.

Huutokaupanpitäjä seisoi jälleen korokkeen takana ja teki tarjouksia. Se, joka ehdotti kaikkein provosoivimmalla (mutta järkevällä) tavalla tehtyjä seksiteoksia, voittaisi tarjouksen. Tarjouksia tuli, jokainen houkuttelevampi kuin edellinen.

Lopulta Erika kuuli taikasanat, jotka saivat hänen koko kehonsa kiinnittymään huomion. Hänen nännit jännittyivät ja hänen kusipäänsä alkoi vapisemaan innokkaasti.

"Myyty!" huutokaupanpitäjä sanoi ääneen lyömällä nuijaa korokkeelle. "Meillä on tasapeli. Vieraille #3 ja #7. Voit nyt noutaa palkintosi jakaaksesi teidän molempien kesken."

Voittajat olivat tehneet aikeensa selväksi etukäteen:

Mies nro 3 ei käyttänyt maskia. Erika tunnisti hänet lehden yhteiskuntaosastosta. Tämä tunnettu hyväntekijä oli luvannut kesyttää Erikan persettä hyvällä piiskalla. Tarkkuutta luvattiin; nahkainen ruoska oli hänen valintansa työkalu. Sitten hän omistaisi hänen kusipäänsä valtavalla kukkollaan. Vakuutettiin, että hän oli asiantuntija perseen naimisessa ja henkisten naisten kesyttämisessä.

Naisella #7 oli täyteläinen, tumma iho. Tämä olisi Erikan ensimmäinen kokemus mustalaisen naisen kanssa. Hänen täyteläiset, mehukkaat huulensa näyttivät nauttivan eroottisen viihteen antamisesta ja vastaanottamisesta. Hän oli myös ilman maskia. Arvostettu rintaleikin asiantuntija, hän tiesi kaikki nännin kidutuksen vinkit ja temput . Käyttämällä juuri oikeaa puristamisen ja vääntelyn yhdistelmää hän pystyi antamaan ärsykkeitä, jotka antoivat makeaa kärsimystä jättämättä pysyviä vaurioita. Ja lesbona hän tiesi kuinka parasta syödä hyvä pillu.

Erika ei ollut koskaan aiemmin jakanut seksuaalista nautintoa tummaihoisen naisen kanssa, ja idea innosti häntä suuresti.

Huutokaupanpitäjä valitsi nämä kaksi hallitsevaa asemaa heidän yhteistyömahdollisuuksiensa vuoksi. Vaikka Erika oli sidottu tähän epävarmaan asemaan, molemmat huolehtisivat sukellusta samanaikaisesti; yksi edestä ja yksi takaa. Se antaisi pienelle yleisölle ikimuistoisen esityksen.

Erikan koko vartalo vapisi, kun voittajat lähestyivät huoneen etuosaa. Häntä oli käytetty pienen ryhmän edessä aiemmin; ekshibitionismi vain lisäsi hänen lopullista vapautumistaan. Tämä oli ensimmäinen kerta, kun häntä käytti kaksi ihmistä, jotka työskentelivät yhdessä hänen kehonsa eri puolilla. Se oli hänen likaisen unelmansa täyttymys.

Musta nainen otti ensimmäisenä yhteyttä ja hieroi tummia sormenpäillään Erikan maidonvalkoista ihoa. Erika katsoi alas ja kiihtyi värikontrastista, varsinkin kun sormet hieroivat jokaisen vaaleanruskean nännin poikki.

"Olet jännittynyt", nainen #7 sanoi. "Ensimmäinen kerta mustan naisen kanssa? Pidän siitä, että olen ensimmäinen. On kunnia olla ensimmäinen musta Domme . Älä huoli kulta, sinä tulet nauttimaan siitä."

Erika ei vastannut. Hän ei koskaan tehnyt. Äänensä piilottaminen oli osa nimettömänä pysymistä. Hän vain katsoi tätä voimakasta naista naamionsa läpi toivoen, ettei häntä tunnistettaisi.

Heidän silmänsä lukittuivat kiihkeästi, ja hetken Erika ihmetteli, oliko tämä hallitseva musta nainen tunnistanut hänet jostain. Ehkä julkinen mainos hänen lakipalveluistaan?

Kun mies nro 3 otti nahkaruoskan, Erika käänsi huomionsa häneen. Hän teki harjoitusliikkeitä, jotka näyttivät koreografoiduilta. Hän oli melko varma, että hän oli se asiantuntija, jonka hän väitti olevansa. Hänen kasvonsa ilkeä ilo sai Erikan uskomaan, että ruoskiminen tekisi kipeää. Kädet sidottuina päänsä yläpuolelle Erikan ruumis oli täysin haavoittuvainen.

"Olen katsellut sinua", mies #3 sanoi. "Aina siitä lähtien kun näin sinut ensimmäistä kertaa viikkoja sitten, olen halunnut käyttää sinua likaisimmilla tavoilla. Katsotaan, oliko perse odottamisen arvoinen. Ensin käännän sinut sivuttain, jotta kaikki näkevät minun lyövän ja ryöstävän sinun suloinen pikku kusipää."

Erika antoi itsensä kääntyä niin, että kolme osallistujaa asettuivat riviin. Kun Erikan katseet keskittyivät edessään olevaan kauniiseen naiseen, hän tunsi ruoskijan pehmeitä iskuja persettä vasten. Kun iskuista tuli voimakkaampia, hänen edessään oleva nainen hymyili ilahduttaen pirullista kurinalaisuutta.

Pian ruoskija murtui lujasti hänen perseeseensä, mikä sai Erikan ruumiin jäykistymään ja nykimään sen jälkeen jääneestä polttavasta autuudesta. Erika voihki ja teki staccato murinaa, jota hän yritti tukahduttaa.

Nainen nro 7 työnsi kaksi tummaa sormeaan Erikan suun syvennyksiin, ikään kuin testaakseen hänen okeutusrefleksiään. "Satutko paljon? Pidätkö sellaisesta kivusta, sub?"

Erika vain nyökkäsi, kun hänen pohjaansa vielä ruoskittiin.

"Hyvä tyttö. Minulla on juuri näitä herkullisia nännejäsi. Heti kun hän ottaa perseesi."

Yleisö tuijotti kunnioittavasti, kun mies ruoski Erikan persettä ja musta nainen kumartui eteenpäin suutelemaan hänen suutaan. Täyteläiset, täyteläiset huulet olivat herkku Erikalle. Se oli kaikkea mitä hyvän suudelman piti olla, varsinkin kun heidän kielensä tanssivat yhdessä. Ruoskija murskasi Erikan persettä tuskallisesti ja tämä voihki epätoivoisesti mustan naisen suuhun. Kun Erika avasi silmänsä peloissaan, hän näki naisen katsovan taaksepäin ja arvioivan hänen reaktioitaan.

Erika oli varma, että nainen nautti suudella jotakuta, joka voihki tuskasta kovasta ruoskimisesta. Nainen näytti kiihottuneen yhä enemmän Erikan tuskallisista äänistä. Hänen takanaan hän kuuli miehen nurisevan tyytyväisenä jatkaessaan hänen perseensä punaistamista. Hän oli varma, että hänellä oli jo valtava raskaus.

Kahden seksuaalisesti varautuneen olennon välillä Erika tunsi olevansa poikkeavan eroottisen energian kanava. Vaikutus häneen oli valtava. Sen lisäksi, että hän sai tuskasta saamansa ylivoimaisen hurmauksen , hän tunsi olonsa äärimmäisen alistuvaksi, koska tiesi, että kaksi Dominantia pääsivät eroon tästä.

Ruoskiminen loppui, mikä saattoi tarkoittaa vain yhtä asiaa. Vaikka hänen huulensa olivat edelleen lukittuina himokkaan suudelmaan, hän kuuli pullon avaamisen ja voiteluaineen puristamisen äänen . Mies löi häntä perseeseen paljaalla kädellä, mikä sai Erikan koko kehon värähtämään. Hän merkitsi aggressiivisesti alueensa ennen vitun alkamista.

Sitten Erika tunsi tutun tunteen, että hänen poskinsa repeytyivät erilleen, jolloin hänen kusipäänsä paljastui. Välittömästi kovan, liukuvoiteluaineen peittämän kukon tunteen tunsi hänen ruskea rypytys, kun se asettui tunkeutumiseen.

"Nautin naisen naimisesta perseessä tällä tavalla", mies nro 3 sanoi hyväillen Erikan kylkiluita alkaen hänen vyötäröstään ja liikkuen ylöspäin kohti hänen pidätettyjä käsivarsiaan. "Olet kuin kaunis, paska lihapala. Teen sen kauniisti ja karkeasti, juuri niin kuin sinä pidät siitä."

Hänen voimakas, rauhoittava äänensä sai Erikan kiihottumaan entisestään, kun hän kurkotti alas ja työnsi voidellun kalunsa pään hänen pieneen, hyvin koulutettuun kusipäähän. Erika yritti irtautua suudelmasta, mutta nainen tarttui hänen päänsä sivuihin eikä päästänyt otosta.

Kun kukko vietiin asiantuntevasti perseensä pieneen aukkoon, Erika hengitti raskaasti nenänsä kautta. Hänen silmänsä suurenivat odottaessaan odottamaansa polttavaa kipua. Se tuli tarpeeksi pian, ja Erika huusi vastauksena.

Erika jäi puristuksiin hänen lantiossaan pitämänsä otteen ja mustan naisen kynsien väliin, jonka kieli jatkoi suuhunsa; hänellä ei ollut muuta vaihtoehtoa kuin ottaa etumatka perseeseensä liikkumatta mukavuuden vuoksi. Ei ollut taukoa. Mies oli hyvin perehtynyt kulmiin ja taittopisteisiin. Hän ajoi sisään, kunnes hänen pallonsa lepäävät hänen takapuolta vasten. Hänen hyökkäyksensä julmuus oli makeaa kidutusta. Ei ollut epäilystäkään siitä, että hänen perse oli juuri omistettu.

Erikan silmät laajenivat, kun hän veti syvään henkeä. Valituksen sijaan hän haukkoi henkeään kuin olisi nälkäinen. Musta nainen vaikutti iloiselta tästä peräaukon kohtauksesta.

"Minun vuoroni", nainen #7 sanoi. "Vauva, sinun kaltaiset valkoiset rinnat ovat suosikkini. Ne näyttävät niin maitomaisilta ja kermamaisilta käsiäni vasten. Ne anelevat tulla satuttamaan, ja se on erikoisuuteni."

Erika katsoi alas ja suostui; naisen #7 eebenpuiset sormet tarjosivat melkoisen kontrastin hänen omia liljavalkoisia rintojaan vastaan. Aluksi kosketus oli pehmeä ja rakastava. Sitten musta nainen toteutti kuuluisan nännin kidutusrutiininsa ja palautti kielensä täyttääkseen Erikan löysän suun.

Nuo suklaasormet puristivat Erikan vaniljarintojen alaosaa ja vaivasivat niitä sitten kuin raakaa taikinaa. Se sattui, mutta se ei ollut mitään verrattuna tuskaan, jonka hänen pienen kusipäänsä mies nai niin rajusti. Sitten tummat sormet puristivat jokaista Erikan ruskeaa nännejä. Nyt tämä oli verrattavissa hänen perseensä terävään kipuun. Kahta hänen nautintopaikkaansa ihastettiin nyt. Hän oli kiitollinen, ettei kukaan kiduttanut hänen pilluaan samaan aikaan.

Nainen väänteli herkkiä nuppeja niin lujasti, että Erikan kasvot irvistivät upeasta kurjuudesta. Hetkeksi hän melkein unohti, että hänen kusipäätään villittiin. Melkein... Ääni, kun miehen reisit löivät persettä vasten, kiinnitti hänen huomionsa takaisin hänen selkäänsä. Erika saavutti kipurajan, jonka hän luuli olevansa. Hän katkaisi intohimoisen suudelman, heitti päänsä taaksepäin ja huusi.

"Tiedän, että se sattuu", musta nainen kuiskasi puristaen hieman lisää. "Mutta se alkaa tuntua niin hyvältä."

Erika ei koko elämänsä aikana voinut ymmärtää, kuinka hänen nännensä kipu voisi koskaan tuntua hyvältä. Mutta kun hänen nännit vapautuivat, musta nainen kumartui ja imi rakkaudella jokaista Erikan tissiä lähettäen ikävän tunteen hänen selkärankaa pitkin. Tämä nautinto yhdistettynä iloiseen hyökkäykseen hänen sodomoituneeseen perseeseensä ajoi Erikan seksuaalisen mielensä partaalle. Mustan naisen kieli oli yhtä rauhoittava kuin nuo täyteläiset huulet, ja he työskentelivät yhdessä lievittääkseen kipua nänneissä.

Mutta ilo hänen rinnoistaan ei kestänyt kauan, kun musta nainen otti julmasti suunsa pois. Jälleen kerran hän väänteli niitä syljen peittämiä nännejä kiusaten Erikaa entisestään, kun hänen perseensä sai kunnollisen aurauksen.

"En tee siitä sinulle niin nautinnollista", nainen #7 hymyili. "Haluan, että sinulla on tasapaino. Kiero yin ja yang. Hän saa takaosan, ja minä etun. Sinun täytyy vain seistä siellä ja ottaa se kuin hyvä sukellusvene."

#3 pani sen merkille, laittoi kätensä Erikan harteille saadakseen otteen ja meni todella kaupunkiin hänen kusipäällään. Hän puri hampaitaan ja piti kiljuvia ääniä, jotka nolostivat hänet perusteellisesti palvovan yleisön edessä.

Jättiläinen kukko, jota työnnettiin sisään ja ulos hänen pienestä reiästään, teki hänestä niin epävakaa, että hän tuskin pystyi seisomaan. Kun Erikan polvet heikkenivät, hän alkoi romahtaa ja painoi enemmän hänen sidottuja ranteitaan. Hänen olkapäillään olevaa venytystä ja vetoa tuskin havaitsivat hänen aivonsa, jotka kamppailivat selviytyäkseen äärimmäisistä tuntemuksista hänen kehonsa vastakkaisilla tasoilla.

"Hän murtuu", nainen #7 sanoi nuoleen huuliaan jatkaen Erikan nännien vainoamista. "On aika lopettaa hänet."

Mies nro 3 pysyi säälimättömänä Erikan kusipäässä muraten: "Haluan, että hän kumpuaa, kun minä cum".

Ohjeet toiselle Dominantille olivat selvät. Musta nainen vapautti herkät nännit, imesi niitä nopeasti helpotuksena ja putosi sitten polvilleen Erikan levinneen pillun eteen.

Kun hänen kusipäänsä oli hurmannut suuri kukko ja hänen pilluaan nuoli jumalatar, Erika valtasi ristiriitaiset tuntemukset. Nonstop Blitz hänen perse kompensoi tarjous imee hänen clit. Toisinaan musta nainen puri hampaitaan varovasti Erikan turvonnutta klitorista, mikä sai hänet itkemään kiihkeästi. Mutta musta nainen kompensoi sen lyömällä sitä hitaasti ja rakastavasti jälkeenpäin. Tämän seurauksena Erika työnnettiin toistuvasti orgasmin rajalle, mutta hänen vapautumisensa evättiin. Hän tunsi olevansa tulivuori, joka oli purkamassa.

Mustan naisen ollessa polvillaan Erika pystyi täysin arvostamaan sitä intensiteettiä, jolla yleisö tuijotti kolmikkoa. Jokainen tämän BDSM-tapahtuman vieras näytti täysin ihastuneelta näkemästä Erikan ajettua seksuaalisen räjähdyksen partaalle. Hän oli omistuksessa ja oli ilmeisesti kiihottunut seksuaalisesta orjuudestaan. Naamion takana hänen henkilöllisyytensä oli turvassa. Hän antoi itselleen luvan päästää irti ja sukeltaa kaikkein poikkeavimpiin nautinnoista.

Hän rikkoi omaa vaikenemissääntöään ja vihdoin huusi sanat "Voi luoja", kun hänen persettä naitiin kiivaasti ja hänen pilluaan syötiin asiantuntevasti.

Hänen sanansa vain lisäsivät öljyä tuleen, jolloin mies nro 3 puristi hänen hartioitaan niin tiukasti, että mustelmia jäisi varmasti jäljelle. Niin vaikea kuin sitä olikin uskoa, Erika tajusi, että hän oli pidättynyt. Hänen työntönsä tuli kiihkeäksi ja hän oli varma, että hän pian tyhjensi siemenensä hänen perseeseensä.

"Minulla on sinulle mukava iso taakka", mies murahti.

Sanalleen uskollisena hän jatkoi murisemista naisen korvaan, mutta hillitsi hyökkäyksensä. Erika tunsi peräsuolensa peittyneen useilla suurilla siemennestepurskeilla. Muutamassa hetkessä kukko velttoi ja vetäytyi perseestä. Erikan perse aukesi nyt, kun se oli yhtäkkiä tyhjä. Välittömästi hän kaipasi hänen kovaa kukkonsa paluuta yksityisimpään käytävään.

"Ikävöitkö minua jo?" hän kuiskasi. "Olet hyvä vittu tiukalla perseellä. Odotuksen arvoinen."

Hän taputti hänen pohjaansa, ja Erika tunsi, että kumpua tippui kusipäästään. Hän oli yllättynyt nähdessään hänen sormensa pyyhkäisevän hänen löystynyttä reikää vasten ja uppoavan kermaiseen vuoteeseen. Kun cum-pinnoitetut sormet työnnettiin hänen suuhunsa, hän oli vieläkin järkyttynyt. Hetken epäröinnin jälkeen Erika imesi sormensa puhtaaksi. Hän nautti hetken turmeluksesta, ennen kuin hänen pillullaan olevan mustan naisen kieli tönäisi hänet tyrmistyksestään.

Erika katsoi alas noihin ruskeisiin silmiin. Intohimoinen musta nainen nuoli ja imi syvään Erikan klilista. Mies #3 seisoi Erikan takana ja hyväili hänen alaselkää ja takapuolta toivoen näkevänsä Erikan huutavan naisen suuhun.

"Siinä se", mies sanoi Erikalle. "Älä häpeä kumartaa hänen suuhunsa. Hän sattuu nauttimaan valkoisten naisten juomisesta. Olet ansainnut tämän huipentumansa, lutka."

Erikan sydän hakkasi ja hän kuiskasi "Voi vittu" itselleen.

Kun musta nainen hieroi kieltään Erikan klitorin yli, orgasmi saapui vihdoin eeppisessä mittakaavassa. Hänen kehossaan vapautunut voima sai hänen keuhkoihinsa hajoamaan. Tämä orgasmi ei vaikuttanut vain hänen lantionpohjan lihaksiin; hänen koko ruumiinsa puristui ja supistui räjähdyksestä. Hän tuskin pystyi tukemaan itseään nyt kumisilla jaloillaan. Koko hänen ruumiinpainonsa riippui hänen ranteistaan, sidottuna tiukasti hänen päänsä yläpuolelle. Tämän seurauksena hänen harteitaan vedettiin äärimmäisellä tavalla, joka olisi voinut olla tuskallista normaaleissa olosuhteissa.

Hän ei välittänyt. Epämukavuus hänen käsivarsissaan oli tilapäistä. Tämä orgasmi oli jotain, jonka hän muistaa ikuisesti.

Erika ruiskutti mustan naisen suuhun. Se oli huipentuma kaikesta herkullisesta tuskasta, jonka hän oli kokenut nänneissään ja kusipäällään. Hän oli todella kivulias. Se oli totta; jokainen huoneessa voi nyt todistaa tämän tosiasian.

Sitten hän jäi ontumaan. Yrittäessään saada hengityksensä takaisin hallintaan hän yritti seisoa omilla jaloillaan. Musta nainen hymyili tietäen, että työ oli tehty. Mies auttoi häntä tukemaan, kunnes hän pystyi elättämään itsensä.

"Juuri niin kuin mainostettiin", huutokaupanpitäjä sanoi yleisölle, kun Erika oli kulunut. "Täsmälleen kuten mainostettiin. Hyvin tehty."

Yleisö taputti, kun Erika yritti vetää henkeä. Kaksi Dominantia taputti häntä hellästi olkapäälle ja takapuolelle. He kuiskasivat hänelle asioita, joita hän ei kyennyt käsittelemään. Jälkimmäinen tuntui hämärältä.

Kaksi nuorta naispuolista työntekijää lähestyi. He käyttivät seksikkäitä sileitä naamioita ja he olivat pukeutuneet niukasti mustiin pitsimekkoihin. Erika vapautui asennostaan, kun he löysivät köyttä hänen päänsä yläpuolella. Sitten hänen ranteensa irrotettiin.

Cum tippui alas Erikan kusipää ja hänen omat nesteensä tippui pillusta. Erika piti päätään pystyssä, kun henkilökunta otti häntä varovasti käsivarresta ja vei hänet käytävään. Yleisö taputti innostuneesti hänen matkallaan kuuluisuuteen. Jokainen löysi sinä päivänä haluamansa. Erika oli kuitenkin varma, että hänen oma tyytyväisyytensä oli kaikista suurin.

Erika vietiin yksityiseen makuuhuoneeseen, jossa työntekijät käyttivät pinoa kosteita pyyhkeitä hankaamaan ja puhdistamaan hänen kehonsa jokaisen sentin. Yksi naisista käytti jopa suihkepulloa perseensä sisäpuolen puhdistamiseen. Koko prosessi kesti useita minuutteja.

Työntekijät poistivat varovasti naisen naamion. Sama prosessi toistettiin hänen kasvoillaan. Ylimääräinen huulipuna pyyhittiin pois ja hänen hiuksensa sidottiin ammattinutturaan. Hänen pukunsa haettiin kaapista, kun hän seisoi siellä alasti.

Huutokaupanpitäjä meni makuuhuoneeseen ja poisti kultaisen naamion. Hänen ilmeensä oli utelias.

"Miltä sinusta tuntuu?" Lea kysyi.

"Minun kusipää on kipeä lähipäivinä", Erika vastasi kuivasti. "Ja nännit tuntuu kuin ne olisivat saaneet sähköiskun."

"Ja?"

Kun Lea odotti vastausta vihjailevaan kysymykseen, Erika antoi työntekijöiden pukea hänet; pukee rintaliivit ja pikkuhousut, sukat ja sitten räätälöidyn puvun, mikä tekee hänestä jälleen ammattinaisen.

Erika hymyili: "En ole koskaan tuntenut oloani niin eläväksi. Tältä minusta tuntuu, jos todella haluat totuuden."

"Luulin niin", Lea nyökkäsi. "Olemmeko vielä syömässä?"

"Lyö vetoa."

Kun Erika sääteli pukuaan, Lea suuteli ja laittoi kultaisen naamion jälleen. Hän palasi tehtäviinsä huutokaupassa. Sillä välin Erika kiitti henkilökuntaa, puki kantapäänsä ja lähti toimistoon.

LOPPU